找乙

杨超 著

中国出版集团
中国民主法制出版社
全国百佳图书出版单位

图书在版编目（CIP）数据

找北 / 杨超著. — 北京：中国民主法制出版社，2022.11

ISBN 978-7-5162-2945-3

Ⅰ. ①找… Ⅱ. ①杨… Ⅲ. ①长篇小说—中国—当代 Ⅳ. ① I247.5

中国版本图书馆 CIP 数据核字（2022）第 191098 号

图书出品人：刘海涛
出 版 统 筹：石　松
责 任 编 辑：姜　华　鲁铁凡

书　　名 / 找北
作　　者 / 杨　超　著

出版·发行 / 中国民主法制出版社
地址 / 北京市丰台区右安门外玉林里 7 号（100069）
电话 / （010）63055259（总编室）　63058068　63057714（营销中心）
传真 / （010）63055259
http: // www.npcpub.com
E-mail: mzfz@npcpub.com
经销 / 新华书店
开本 / 32 开　880 毫米 ×1230 毫米
印张 / 7.75　**字数** / 177 千字
版本 / 2023 年 3 月第 1 版　2023 年 3 月第 1 次印刷
印刷 / 三河市宏图印务有限公司

书号 / ISBN 978-7-5162-2945-3
定价 / 38.00 元

走，去找！

去哪儿？

……

那个年代，“小灵通”是少数人“炫富”的稀有物件儿；满大街播放着刘欢唱的那首《从头再来》；火车还都是绿皮的，车票要分硬座、软座和无座；北京大街上的出租车是红色“夏利”，还有黄色大发“面包”车……

一

听完老人讲的故事和相告实情，任意颇感震惊，心中所有的谜团也全被拨散，他再也止不住眼泪的滴落，自感一下子“天目”开了。

他今后的人生，都要感谢这位素不相识的老人。

毫不犹豫地和老人说出他要去上海的决定，老人露出了微笑，很慈祥，微微地点点头，眼里充满着对他的鼓励。

从老人那里离开后，百爪挠心的任意连夜就订了一张最早去上海的硬座火车票。如果在两年前，经济实力颇强的他肯定会直接打车去机场，但如今已陷入落魄境地，若不是心存渴望地想去上海，换作其他的事情，他买个火车的硬座可能都得考虑一下。

他的变化，要“归功”于他同窗几载的挚友、一块儿来北京打工的付雨。

乘地铁到了北京站，内心波澜起伏但表情平静的任意背着一个黑色背包，随着人流向地面上走去。

刚要迈上通向地面的电梯，忽然一阵非常熟悉的歌声在吉他的伴奏下，穿过人群的嘈杂，径直冲进他的耳朵。

这熟悉的音律让任意不禁一怔，转过身去顺着歌声搜寻。

通道对面的出口处，一位长发披肩的歌手席地而坐，抱着吉他高声地弹唱，面前的吉他盒子里零星地散着一些纸币。

他怎么在这儿？任意慢慢地走了过去，站到了歌手面前。

二

“哎？”正自我陶醉的歌手，对任意的出现也颇感惊讶，立即停止了歌唱，扬起头甩了甩头发。

“怎么没去酒吧？”任意蹲下来问。

“先在这儿拉拉嗓子，顺便也挣点‘外快’。你……这是干吗去？出差？”歌手一脸疑惑地问道。

“不是。”任意抿了一下嘴唇，表情沉静而坚定，把昨天遇到老人的事简单地说了一遍。

听完任意的讲述，歌手也有点吃惊。他感慨地点点头，颇为感动地拍了拍任意的肩膀说：“去吧！兄弟，应该去。”目光中流露出羡慕，但又隐含着失落。

歌手名叫郑杰，对音乐的喜爱已到了痴迷的地步。

他歌唱得很不错，音色沧桑、嘶哑，有一种特殊的韵味，所唱的歌曲也基本都是他自己创作的。

两年前，郑杰第一次推开任意开的那个名为“漂”的小酒吧，推销他自己的歌。从那时起，性格略有相同的两个人很快就成了好朋友。

说到郑杰，就不能不聊聊他的那段往事。

六年前，郑杰还是华南交通大学即将毕业的一位工商行政管理专业大学生。

大学这四年对于他来说简直就是在炼狱。

考入这所学校，郑杰完全是为了实现父母的愿望。

若按照他自己的梦想，本是想报考音乐学院的。

入学后，郑杰对那些枯燥无味的经济、管理课程厌烦至极。

若不是怕父母生气，他可能早在第一年就退学了。但这也并不是说四年来他什么也没干。

除了为应付考试而坚持上完一些必要的课程外，郑杰几乎把其余所有的时间都花在了音乐上面。

入学的第一年，郑杰就在附近不远的音乐学院报了名，学完所有的乐理课程后，便开始尝试着创作自己的歌曲，一个人抱着一把吉他，在学校的花园深处、操场的角落里演绎着自己的音乐之梦。

大二下半学期，正值春末夏初。天气不冷不热。晚饭后，很多人都已穿着单衣在校园里溜达了。

吃完晚饭的郑杰，又像往常那样拎着吉他向属于自己的那片树林走去。

小树林在操场旁边，是校园东南角一个很偏僻的角落。

十几棵没人修剪的垂柳扭曲着身子，随意地站在那里。一片片已经长出叶子的灌木，自由自在地团簇在一起，虽然杂乱，却另有一番天然的情趣。

这里远离教学楼和宿舍区，又是校园的背面，除了偶尔有一两对情侣从几十米远的一条甬道上走过，很少有人到这里来，这里只有简单的僻静。灌木丛的背后，有一片不太规则又十分干净的草地，这就是属于郑杰的空间，远离了校园里的喧嚣。

自从发现了这片空地，郑杰每天晚饭后都要来这里无拘无束地拨弄会儿吉他、哼会儿歌。

正当拨开灌木丛要抬腿迈进那片空地的时候，郑杰不由一愣。

这片他认为是属于自己的空间，已被别人侵占了。

一个长发披肩的女孩，背对着他，坐在那块他每天都坐的石头上，垫着几张报纸，聚精会神地看着什么。

郑杰见状，一时愣在那里不知怎么办才好。

听到背后有声音，女孩忽地转过身来，看到发愣的郑杰，禁不住发出了一声“啊”的惊呼。

“你是谁？”

两个人几乎同时问对方。

或许女孩意识到自己“侵占”了别人的空间，或许是出于一种自我保护，合上手里捧着的一本厚厚的书立马站了起来。

郑杰发现，女孩的个子不矮，她只需稍微仰视一米七八的自己。

一身休闲的运动装，虽然宽松，却遮掩不住其优美的体态。

女孩具有一种独特的气质。

两人都杵在原地，尴尬地相持了几秒钟。

“你……好！这报纸是你垫的呀？”女孩仿佛意识到是自己“侵犯”了别人的“领地”，似笑非笑，不好意思地打破了僵局。

“嗯。”郑杰点了点头，也有点局促。

“不好意思。我是第一次来这儿，很安静的，就……”女孩的笑容自然了一些，带着歉意但大方得体。

“哦，没……没什么。”在女孩的直视下，郑杰倒有些不自然了。

女孩并没有立即要走的意思，她似乎想要了解一下这个空间的“主人”。

“认识一下，我叫沈扬，94 级国际贸易的。你呢？”看到郑杰拘谨的样子，女孩反客为主。

“我……我叫郑杰。94 级工商管理的。”郑杰瞄了一眼女孩说。

“咱们同届。”沈扬看了一眼郑杰拎着的吉他又问，“你……弹吉他？”

郑杰点了一下头。

“不好意思啊！那你在这儿弹吧，我去别的地方。”说完沈扬就朝着郑杰走过来。要离开这片空地，郑杰站着的地方是唯一的出口。

“没事儿。你在这儿看吧，我去别的地方。”看到沈扬主动给自己让地儿，郑杰反倒不好意思起来。毕竟，这地儿也没贴上标签归他所有。

说完，郑杰转身就想走。

“哎！等一下。”沈扬叫住了他。显然她感到这次意外相遇很有意思，对刚才看的那本书，失掉了兴趣。

还没完全转过身去的郑杰机械地将身体又转了回来，满脸疑惑地看着沈扬。

“你在这儿弹吧！别处吵吵嚷嚷的。”沈扬已经完全成了这里的“主人”。

“你弹得怎么样？我听听可以吗？”她歪着头微笑着问，那个神情容不得郑杰有否定的回答。

别看郑杰天天抱着把吉他，可一直都是弹给自己一个人听的，从没有在外人面前弹唱过。

尽管他知道自己的水平是还可以，但在毫无心理准备的情况下，突然遇到一位自己不熟悉的“听众”，而且还是这样一位漂亮的女孩，还真有点不好意思。

看着冲自己微笑的沈扬，郑杰一时走也不是，留也不是，尴尬地站在原地。

“哎？行……不行呀？”沈扬朝他扬了一下头，又俏皮地跟着问了一句，有意在逗他似的。

“好吧。”郑杰有点不情愿地答道。这两个字从他的嘴里说出来之前，心里已经做了半天激烈的“思想斗争”。

人家女孩都那么大大方方的，自己还是个大小伙子，怕什么呀！何况将来还要在舞台上唱呢！一想到自己的梦想，郑杰便无所顾虑了。

沈扬弯腰捡起石头上的那几张报纸，分成了两份，把其中一份递给郑杰。

郑杰将报纸平铺在草地上，盘腿坐下，调了调吉他弦。

沈扬也坐下来，把那本厚书放在腿上，微笑着看着郑杰。

郑杰不好意思地瞄了一眼沈扬，便低着头开始弹了起来。

他的十指在吉他弦上熟练地滑动，一曲《梁祝》在树林间流淌开来，悠扬婉转。这是郑杰最喜欢也自认为最拿手的一支曲子。

弹完后，郑杰发现自己的手心里都冒出了汗。

沈扬肯定是被郑杰的弹奏震住了，或许一开始她也没有想到郑杰会弹得这么好。

“哇，你好厉害啊！”她边拊掌边赞叹道，掩饰不住一脸的惊讶。

女人的赞美永远是男人的动力。

听到沈扬的夸奖，本来还有点紧张的郑杰，感到了一种前所未有过的满足。毕竟，这是他第一次听到“听众”的赞叹，而且“听众”还是一位陌生且漂亮的女孩。

两人又陷入安静，但感觉没有了刚才的尴尬。

天色渐渐暗了下来。

“你弹得真好。我还想再听你弹，但我得回宿舍了。”沈扬仰头看了一眼天色说。

“真……真的吗？”郑杰把吉他抱在怀里看着沈扬。

“真的，真的。”沈扬生怕郑杰不相信似的，一直不住地点头。她拿起那本厚书，站了起来。

“你是不是经常来这儿弹呀？”沈扬低头看着还盘腿坐在地上的郑杰问。

“是呀！”自信充满了郑杰的心底。

“那我明天还来听你弹，行……吗？”沈扬这么问话，就是想得到郑杰肯定的回答。

郑杰有点儿受宠若惊地点了点头。

已被满足充斥了内心的他，信心陡增，蕴藏在心里的表现欲，像火山一样喷发出来，连想都没想就同意了沈扬的要求。甚至，他现在都不希望沈扬走，想再给她弹一曲。

从此，沈扬就成了郑杰第一位忠实的听众。

这个夏天的火热，也成了两人相恋的催化剂。

四年的大学生活就这样枯燥、浪漫而又温馨地结束了。

毕业后的郑杰，拿着可谓混出来的一纸本科文凭和那把曾经为他和沈扬带来欢乐的吉他，只身一人来到了他认为空气中到处流淌着音乐的北京。

远离了父母的约束，郑杰开始了自己寻梦音乐的生涯。

沈扬则回到了其远在南方的家乡小城，进了外贸局成为一名吃财政饭的国家机关工作人员。

千里之隔没有阻断两人的真挚情感。

当父母给的那笔钱花完之后，郑杰才意识到梦想与现实的差距。

为了生存，他和很多在北京寻梦的乐手们一样，选择了地下通道、歌厅和酒吧。虽然，生活不是太稳定，但终究还是有了点保障。

生活是现实的。没有什么稳定收入的郑杰，并没有因此放弃自己对音乐的执着梦想。

毕业后第二年，又是一个春夏之交的黄昏，当郑杰在北京西北郊巴沟村一带租住的小平房里拨弄着那把吉他的时候，小房子的门突然开了，沈扬披了一层落日的金黄色余晖，背着一个大包满脸汗水地出现在门口……

原来，沈扬忍受不了对郑杰的思念之情，终于说服父母，辞掉了外贸局的工作，踏上了北上的列车。

按着郑杰以前在电话中说的位置，费了九牛二虎之力她才找到这间小屋。

不久，沈扬在北京一家商贸公司找到了一份文职工作。

薪水不高，但毕竟还是有了收入。

郑杰一如往常。

闲暇之时，两人又像在学校时那样，或是在那间小屋里，或是在昆玉河畔葱翠的草地上，相互依偎，一遍又一遍地哼唱着郑杰创作的新歌……

任意第一次见到沈扬时，惊讶于沈扬的天生丽质；几年后，当任意偶然再一次见到沈扬，却惊讶于沈扬极大的变化……

三

任意从郑杰羡慕的眼神中，感觉到自己的话，又触到了郑杰内心的痛。

扶着郑杰的肩膀，任意问道：“你呢？”

“现在，我已经想通了，我这种人是在为了梦想而活着。唉，走到哪算哪吧。”郑杰笑了一下，表情伤感、无奈却又平静。

“祝你顺利。”像是怕自己的低落情绪影响到任意，郑杰随即又勉强挤出些笑容。

“嗯，谢谢兄弟。”任意抱了一下好朋友，拍了拍他的后背。

“快去吧！”郑杰微笑着推了他一下。

任意没有再说什么，冲着郑杰点了点头，起身朝地铁出口走去。

背后又响起了郑杰的吉他声，居然是那首《梁祝》。

任意非常理解郑杰，以及郑杰对梦想的执着。

谁没有梦想呢？

提到梦想，任意心中不禁黯然苦笑。

自己对梦想也曾经执着，也曾经倾注心血，但生活告诉他，要承认现实……

四

任意很小的时候，就对家里的那些闹钟、收音机什么的产生了浓厚的兴趣。

为什么表针会“滴答滴答”不停地转动？为什么收音机会“说话”？……充满疑惑的他非常渴望了解这些东西内部的一切。

十几岁的时候，一次偶然的机会，任意去了一次机械厂的车间（也就是后来他工作的那家商业机械厂）。他立刻被车间里的一切震撼了，“房顶”上来回游动的天车；能够轻易切割铁块，并将其做成各种造型的车床……

黑色钢铁的粗犷与发着荧光、线条细腻的各种成品部件的精巧，机床发出的喧嚣与工人们组装机械时的专注，在这里被体现得淋漓尽致。

由此，“机械”一词便在他心中深深地烙下了印记。

任意的这个爱好，更是得到了当时一直希望他“学门技术”的父母的全力支持。

高考过后，他如愿以偿地考进了河北工业学院机械制造专业。

四年后，他被分配回了他们青水县的商业机械厂，当了一名技术工人。

这个厂当时也是县城仅有的几个效益最好的国有大型企业之一。每月五六百块钱的工资虽说不多，但在青水县城已属中等偏上水平了。更重要的是，他的梦想与现实得到了充分结合。

当时，人生的路对于任意来说，可谓是遂其意、顺其心。

在商机厂工作那段时间，可以说是任意最快乐的日子。

在他看来，厂里的机械都成了具有生命活力的朋友，就连它们发出的轰鸣噪音，都像一曲颇有震撼力的华美乐章。

任意就这样平稳地过了两年。

可谁知，进入工厂的第三个年头，情况便有了变化。

厂里的工作量越来越少，每天八个小时的工作有近一半时间没活可干。

虽然每月还照常发工资，却少多了。只有两百块钱左右，最少的一个月仅有一百二十块钱，连基本生活费都不够。

职工们开始怨声载道，厂子要倒闭的传言此起彼伏，心思活络的人开始“各显神通”，寻找着其他出路。任意的同事，隔不了几天，就会走一个，曾经人声、机械声交织鸣奏的车间里，渐渐地安静下来，有时候甚至一天都悄无声息。

虽然在车间里百无聊赖，可任意还守着自己喜爱的岗位，守着那些他可以直接“对话”的机械，每天依然将它们擦拭得洁净如新。

北方的七月已进暑季，中午的太阳似乎要把所有的热量都倾泻下来，以显示其威力。

知了们一个劲地狂叫着，把本就被烤得焦躁不安的人们搅得更加心烦意乱。

街上几乎没有什么人。树荫下，只有几个退了休的老头光着膀子，像往常一样摇着扇子喝着茶水，蹲在一起下棋，时不时地发出一阵吵嚷声……

刚吃过午饭的任意正想躺下午休，付雨来了。

付雨是任意高中最要好的同学，在物资公司工作。

以前这可是个令人羡慕得眼红的单位，可是目前效益也很差，没剩几个人。

“嘿，怎么这时候来了？大中午的不睡会儿呀？”任意一边招呼付雨，一边拿起暖水瓶来倒水。

“别倒了，我喝点凉的。”付雨直接抄起桌子上的凉白开，一饮而尽。

“下午不上班啊？”任意等付雨喝完，朝他扬了下头问道。

“上什么班呀！我都快有三个星期不去了。这天儿真热。”付雨一边应着，一边把身上那件背后印着“别理我，烦着呢”的圆领老头衫脱下来，扔到椅子上，光着膀子，一屁股坐在椅子上，顺手拿起一本杂志，呼扇着。

“去了也没什么事，每天就是听几个老头儿瞎侃，发牢骚。几个月不发工资了，你说还上什么劲呀！”付雨又端起凉水壶，“咕咚、咕咚”地喝了几口，接着说道，“哎，昨天晚上我在街上碰见咱们班刘天了。”

“谁？怎么了？”任意没听清楚，跟问道。

“刘天。上了广东建院的那个。”付雨提高了声音。

“哦？他回来了？”任意有点惊讶。

“哎！别提了，人家现在可牛了，穿得挺讲究的，腰里还别了个‘汉显’。说是在广州一家公司打工，做材料推销，现在是销售经理，每月两千多块，还有奖金。”付雨撇着嘴说道，一脸的羡慕。

“哟，挺厉害啊！”任意应和着付雨，有点感慨。

“可不！人家一个月挣的，够咱们挣一年的了。”付雨抄起椅子上面的老头衫，擦了一下嘴，又向后靠了靠，背对着电扇，还扬起了胳膊散热。

身高一米七五、胖乎乎的付雨整个身子把电扇的风全挡住了。

任意感到有点燥热。

吹了一会儿，付雨的身子终于不堵着电扇了。

风，让任意凉快了许多，却没有将他对刘天的羡慕一并吹走。

一个中午的聊天，付雨基本就没再聊别的话题，全是刘天、刘天、刘天……把任意搅得心烦意乱的。

其实，这些日子来，他每天上班的心情几乎都是这样，只不过今天又加重了些。

任意决定晚上和父母商量一下。

“这怎么行！这好歹是个正式工作呀！别看人家如何如何，咱们又没门子没钱的，你能到哪里去呀？再说真的辞职不干了，厂里给你除名，你将来怎么办呢？厂子里效益不好这都是暂时的，哪个单位也不可能不遇到点困难，除非到那些财政开支的机关单位去坐办公室。”

计划经济时代过来的父母一听就有点急。

任意没有说话，眼睛盯着电视。里面正播放着国有企业改革的新闻。

七月末的一天，忽然发生的变化，让家里的气氛一下子沉重起来。

父亲和母亲的名字一块出现在厂里下岗人员的名单里。

惯有的生活秩序乱了，家里少了欢乐，多了一份为以后做打算的忧愁。

任意的内心反而平静了。

他在厂里的行为让同事们都有些惊讶。

那天，任意和谁都不说话，只是默默地擦拭着自己用于工作的、那个已覆了些尘土的车床，不放过一个边角缝隙。

一天的时间，他就这样擦了一遍又一遍。

黑色油污一点点褪去，金属的亮泽泛滥开来，车床显得与众不同，但却无法摆脱空旷车间里的落寞和孤独。

丢掉抹布，任意的手却依然在车床上不停地摩挲滑动，似乎车床也懂了任意的心思。

手滑过后的金属面上，留下了他的体温。

下班铃声响起。

任意黯然走出车间，没有回头。他忽然发现，人原来还有如此强大的抑制力。

“咣当”一声，随着身后车间大门的关闭，任意眼里渐渐有些湿润。

现实将梦想击得粉碎。

晚上的天气凉快了一点。

闷了一天的人们，似乎都不愿意放过这短暂的凉爽而早早地吃过晚饭，穿着尽可能的随意，拿了把扇子或在楼下聚齐聊天，或在街上漫无目的的溜达。孩子们成群结伴叽叽喳喳地追逐嬉闹着。

在任何时候，无忧无虑的孩子们都是最快乐的。

此时，任意与父母却在家里呆坐，没有出去纳凉的意思。

电视开着，谁也没有看。

屋里很静，只有电扇“嗡嗡”地摇着头，在屋里一角“忙活”。

计划赶不上变化。

现实，让屋里三个人在无奈中对讨论的话题达成了共识。

一股凉风从窗外吹进来，一起飘进来的是一阵似有似无的歌声：

昨天所有的荣誉，

已变成遥远的回忆。

辛辛苦苦已度过半生，

今夜重又走进风雨。

我不能随波浮沉，

为了我挚爱的亲人，

再苦再难也要坚强，

只为那些期待眼神

……

任意知道，这是刘欢唱的那首《从头再来》。

这一夜，任意翻来覆去，怎么也睡不着。他把双手枕在脑后，强迫自己合上眼，但只要一闭上眼，一会儿是小时候把收音机拆了被父亲骂、一会儿是考上大学机械专业、一会儿是刚到工厂里工作、一会儿是那些陪了自己两年多的车床、一会儿是爹妈下岗后的愁容……一幕幕场景过电影似的在脑子里来回跳跃，毫无一丝睡意。

以往生活场景可以真实再现，但明天他和付雨即将离开这里，奔向另外一座城市，未来无以用场景再现，只有对未知的想象。

未来永远让人好奇和激动。

落日余晖给天际留下一抹红晕，成为一道深远的天然幕布，将竞相闪耀的霓虹灯和鳞次栉比的街边建筑物映衬得瑰丽多彩而又层次分明。刚刚黄昏的北京城，就已显示出了其夜色的繁华与魅力。

一列火车慢慢地停靠在北京站的第三站台。

一路闷热与颠簸，让每一位从车厢里走出来的旅客都情不自禁地舒展了一下筋骨，手指捏起贴在身上汗渍渍的衣服呼扇了几下，想尽量褪去身上的黏稠。

刚才还空荡荡的站台上立刻被一队不规整的人群覆盖了。

呼叫声、谈笑声、行李箱的轱辘在地砖上的滚动声、站台高音喇叭声……嘈杂的声音像原子弹爆炸后形成的蘑菇云在人群上空腾起，且跟随着人群的移动而移动。

任意和付雨每人怀里揣着两千块钱，各自拎着一个大包也出现在这队人群当中，样子很是落魄。

任意的头发黏成了缕儿贴在额头，米黄色的西裤在车内已被蹂躏得皱皱巴巴，灰白相间的T恤，后背和两侧胳肢窝处都被汗水浸湿了好大一片。

相比任意，付雨则好多了。

休闲宽松的大背心和短裤，虽有些褶皱，却不是太明显，一头板寸依然直愣愣的。两人谁也不说话，只是并排跟随着人群一起移动。

刚出站的任意和付雨，还不知道要往哪儿走，就立刻被几个人围住了，操着听起来有点倨傲的京腔，有的问打车不？有的问住宿不？两个人有点蒙，不知咋回答，也不知道怎么办，愣呆呆地站在原地。确实，他们俩也不知道去哪儿，该怎么办？

几个人见他们俩愣着不说话，纠缠了一会儿，知道不是“猎物”后便散开了。

任意和付雨拖着行李，还没走几步，又围上几个人“热情”地问着同样的问题。

陌生的热情，总是让人生疑。

两个人不敢过多地和这些人搭话，怕惹上不必要的麻烦。拖着行李，甩开了同样的几拨人后，也分不清东南西北，无方向地游荡。

天黑了，往灯光多的地方走，那里人多肯定安全，又闷又饿的任意和付雨达成了同样的默契。

这天晚上开始，性格同样倔强的两个人通过最便宜的吃、住、行方式，在大城市的环境里，以农村人的心态过着原始人的生活，艰难地、一点一点地熟悉着北京，一步一步地打拼……

五

北京站，曾经是北京十大建筑之一，虽然如今已被现代都市的繁华喧闹冲击得光环锐减，但给人的感觉依然霸气十足，傲然俯视着来来往往的人群。

六年前，被现实碾压的任意离开自己喜欢的机械厂后，就从这里迈出了踏入北京的第一步。

两年前，在北京拼出一小片天地、挣得物质生活丰裕的他又从这里出发，奔往山东那个偏僻的小山村，去夺回那份他难以割舍掉的感情。

今天，经历了一系列变故，事业和生活都陷入了低谷，但听了那位老人的诉说，谜团解开后，对人生有了全新认识的他又一次站在这里，要到上海去弥补内心深处的那份后悔。

“唉！几年来，拼死拼活地忙出了个啥？”任意刹不住自己的感慨，看着站顶上面那大大的“北京站”三个字，北漂这几年的经历仿佛历历在目……

六

或许我们可以这样说，市场推销这个行业可谓是最具包容性也最“简单”的工作了。无论你是男是女，无论你是中年还是少年，无论你的学历是博士还是小学，也无论你的专业是中文还是数学……只要将产品卖出去，你就是好样的。

卖货交易看似简单，但也是最复杂的工作。

到了北京后，必须生活下去的任意就这样开始了推销酒的生涯。从此开始，他才知道自己喜欢和学习了多年的机械知识，在一瓶一瓶酒水面前，是多么的可笑和无奈。

没钱，就吃不起那一碗十几块钱的拉面，更别提那两百多块钱一个月的地下室房租。没钱，最简单、最低成本的生活，都得不到保障。

残酷的现实，让任意彻底撕下自己的“脸面”，将所谓的

“尊严”抛到脑后，凭着自己的实在和不计成本的付出，获得了众多公司和客户的认可，他的销售业绩也直线攀升，同时也得到了不菲的金钱回报。其吃、穿、住、行也开始讲究起来，一顿饭、一件衣服往往也都是几千块钱的顺手一掷而已。

两年后，一个相对稳定的客户网络在任意身边形成，他在酒的销售圈内也小有名气。

在北京已稳稳地立住脚跟、生意场上游刃有余的任意，在外面意气风发、谈笑风生。但应酬之余，回到自己的房子，在寂静的夜晚躺在床上的时候，曾经机械厂里那些具有“生命活力”的车床、工作台，就会闯进他的脑海，他想要与它们说说话，但又那么陌生而遥远，望尘莫及……

曾有一段时间，他忽然对给自己带来收入、销售酒的工作非常厌倦，被一种身心俱疲的感觉不时侵袭。

他开始凭借着自己的客户资源优势和业务能力，在不同的公司之间跳来跳去，有的甚至连试用期三个月还没过完，便又辞职离开。

他也想找稳定的工作，可却控制不住自己，他也不知道自己最终将跳槽到哪里去。

他不愿意想象自己的将来，将来在哪里呢？眼前一片迷茫，什么也看不清，更无从说出一个清晰的目标。

非常迷茫，也非常困惑。

跳来跳去，在相当大程度上也是填补了他内心这种烦闷的空虚。

卖酒这个工作没有让他感到快乐，但离开卖酒这份工作，他又会陷入没有经济收入的痛苦。

最终，他用几年来攒下的钱，开了一家他并不喜欢，但行业脉络又门儿清、名字叫作“漂”的酒吧，还兼着代理几个牌子酒水的市场推销工作。

虽说是不太富裕，但可谓提前步入了“小康”。

物质和精神好像永远不成正比。

不再为物质生活发愁，可任意精神荒芜的面积却越来越大。

他曾经听说过“温水煮青蛙”。

把青蛙放在热水里，受到刺激后，它会一下子跳出来。可将它放在冷水里，接着再慢慢加热，待青蛙适应了温水之后，就会丧失跳跃的反应能力，最后在热水中死去。

他感觉自己就已经成了适应“温水”的青蛙。

没钱的时候，往往让人没有思想；有了钱以后又会让人思想复杂而迷茫。

七

《平凡的世界》是任意最喜欢的一本书，但从付雨的角度来看，这本书害了任意。

人生的很多不经意却往往成为永恒。

几年前，任意偶然从一位朋友那里看到了这本书。

> 一个平平常常的日子，细蒙蒙的雨丝夹着一星半点的雪花，正纷纷淋淋地向大地飘洒着。时令已快到惊蛰，雪当然再不会存留，往往还没等落地，就已经消失得无踪无影了。黄土高原严寒而漫长的冬天看来就要过去，但那真正温暖的春天还远远地没有到来……

小说开头的一段文字朴实无华，但又让人感觉意味深长。任意又翻了几页，一向对小说不感兴趣的他，便被深深地吸引住了。

生活中，影响人一生的某件事情往往就是从偶然开始的。

孙少平、田晓霞、孙少安、田润叶、贺秀莲、金波、田福堂、田福军、孙玉厚……一个个人物跃然纸上，仿佛让人置身其中。

不对困难和贫穷低头、坚韧不拔的孙少平，美丽善良、感情执着的田晓霞，两个人那种突破阶层、家庭背景等现实因素，近乎理想的爱情，总是令他感动不已。以至于描写田晓霞被洪水冲走死去的那段，让任意流泪不止。

从此，《平凡的世界》这本书便成了任意生活的一部分，他读了一遍又一遍，有时甚至沉浸其中很难再回到现实中来。人民出版社的、陕西师大出版社的……只要看到有不同样式装帧的《平凡的世界》，他就会毫不犹豫地买下来收藏。

家庭的传统教育，从小就培养了任意极重感情和朴实平和的生活态度，而《平凡的世界》又在无形中加重了他对生活和感情的完美理想主义色彩。

在感情这方面，任意好像总与这个被新意识流冲刷的城市显得不够融洽，而这也正是已成为“做新人类、体验新生活”的付雨经常嘲笑他的“佐料”。

来到北京这个充满着欲望和随时可以改变一个人生活态度的都市以后，从做酒水推销员开始，任意就接触了很多漂亮女孩。但是他对那些整天描眉画眼、用各种化妆品和流行妆饰将自己包裹起来，动不动就从嘴里冒出我这衣服是什么什么牌子，化妆品是什么什么牌子的女孩超级不喜欢。

别看任意在酒吧里渐渐习惯了一些女孩子的“作风”，但是直到现在，他依然不理解付雨的生活方式，也不理解付雨那种“快餐式”的爱情，怎么能说在一块儿就在一块儿，说分开就分开呢？时间短得甚至可以用分钟来计算。这几年下来，这小子换了七八个女朋友了。

生活无忧、身着名牌的任意，经常身处霓虹、酒杯和“美女”之中，微笑自然，可他的心是荒凉而矛盾的。

依然顽固地坚守着心中那一片完美而理想的“圣地”的任意，尤其是对自己的爱情，更是始终尘封在心底，直到两年前的那个冬天。

八

情人节是情人过的，商人更喜欢。

接近年底，为了春节后随即到来的情人节，做好促销工作，任意准备年前就将一些宣传单和招贴画印制完毕，省得年后着急。

他在报纸的专栏广告上，随意找了一家设计公司，电话沟通后，约好第二天商谈设计思路。

谁能想到，又是这么一个“随意”，将他和另外一个她拼撞在一起……

冬天的北京，晚上五点钟，天色就已经昏暗，路灯都亮了。

酒吧里很静，为了烘托气氛，零星的几盏壁灯调得也很暗，任意和其他几位员工在屋里做着一些准备工作。

门开了，轻轻地走进来一个人。

离门口近的员工，以为是客人来了，正要招呼。

“请……请问哪位是任先生？”进来那人，发出一声有些胆怯的问话，如同蜂蜜，甜而不腻。

“您……是？”任意停下手中的活儿，转过身来下意识地应道。

外面路灯的明亮淹没了酒吧里的暗红，映出一个挎坤包、梳马尾辫的苗条身影。

“您好！我是互动联盟设计公司的，昨天约好要和您谈一下宣传品的设计事项。”苗条身影很客气。

“哦！好的。来里面吧。”任意向身影点了下头，转身往里走了几步，推开了自己那个单独的小办公室的门。

苗条身影渐渐清晰成一位真实的女孩。

白色羽绒服上衣，在暗红的灯光下洒上了一层浅粉的荧光，紧身的深色牛仔裤看不出来真正的颜色，只凸显了两条笔直又修长的腿部曲线。

女孩好像对酒吧暗红的色调氛围有些不太适应，怯怯地向四周瞄了几眼，才走进任意的小办公室，拘谨地坐在了任意的对面，双手抓着放在腿上的坤包。

女孩应该说是漂亮的，但又不完全是那种单纯的五官组合“漂亮”。

这种漂亮应该赋以“美”的含义。

这种美是自然的，且含有意蕴，是从她未施任何妆饰的眉宇中显露出来的。

任意心里一动，甚至忘了最基本的接待客人的礼仪，连一杯水都没想起来给女孩倒，说话也有些不自然，尽管他是这里的主人。

“我们想做一些宣传单，准备年后情人节前派发使用。另外，再……再给店里做几张大的招贴画当装饰。”他连比带画地说着。

女孩微笑着点了点头，没说话，示意他继续讲下去。

“嗯……设计想法我也提不出来什么要求，我不太懂，只是……要跟我们酒吧‘漂’的名字贴近一些。又是情人节期间使用的嘛，最好……嗯，设计得浪漫、温馨一点儿就行了。主要……主要是把促销活动的文字内容写清楚。”任意的话语磕磕绊绊，这是内心的反映。

女孩好像也不擅长与人闲聊，话语不多，等任意讲完后，又问了一些简单的问题，亲切的微笑自始至终挂在她的脸上。

不到二十分钟，将设计事宜一一落实后，女孩便起身告辞，相约三天后给一个设计初稿。

将女孩送到屋外的任意，被冷风刺激得哆嗦了一下，便立刻回到屋里，目光却隔着酒吧的玻璃窗，瞥了几眼女孩远去的身影。

任意回到自己的小办公室，拿起了女孩留下的名片，仔细地看了看，“李晓梅”，只有公司电话没有其他联系方式，他不自觉地把名片放进一个单独的名片盒里后，又打开抽屉，放到里面。他生怕自己丢三落四的习惯，把名片给弄丢喽。

从那天开始，任意的心里便陡然多了一份期待，搅得他有些坐卧不安。

总是时不时地看一下窗外，他好像明白了自己为啥“闹心”。

三天时间终于过去了。

不时瞥几眼窗外的任意，眼睛一下子瞪大了一点。

李晓梅的身影再一次出现在他的视野里。

依然是那件白色羽绒上衣，深色牛仔裤，依然挎着那个乳白色的坤包，手里拿着一个文件夹。

任意的心忽然加速跳动，像是被注射了一针强心剂。

一直悠闲的心脏，肯定也在埋怨激素“荷尔蒙”，骂它干吗一下子出来这么多。

任意的目光如同铁钉受到了磁铁的吸引，紧紧聚在那个李晓梅的身影上，生怕她从视野中消失。

李晓梅在马路的对面，头不停地左右转动，看着来往穿梭的车流，脑后那条马尾辫，随着头的摆动也在来回晃动。

过了一会儿，她找准了一个机会小跑着穿过马路，向酒吧走了过来。

“你好，快进来。”还没等李晓梅推门，已站在门口的任意便抢先把门拉开了。

李晓梅显然没有料到门会突然打开，愣了一下，随即微笑着点了一下头，进了酒吧。

与上次相比，她好像已对酒吧暗红的氛围适应了许多，不像第一次那样拘谨。

落座后简单客套了几句，李晓梅便把一个夹着几页设计图样的塑料文件夹，递到了任意面前。

李晓梅慢慢地将文件夹里的设计图样，一张一张地抽出，呈扇形摆在任意面前的桌子上。

“您看，这个版式设计创意是基于情人节和红酒、酒吧的文化关联。用两个碰在一起的酒杯做了拟人化的处理，象征着两个人；酒杯里红酒的心形图案映衬了心心相印的感情，让人感觉到节日喝红酒的浪漫和温情。”李晓梅手指着最上面的一版设计解释着，不时地看一眼任意的表情。

任意听着李晓梅的话，微微点头，没说好也没有说不好。他对待别人的建议，总是不轻易表态，而是需要思考之后再发表意见。

李晓梅见任意没有说什么话，就把第一版设计的图纸拿到一边，让任意看第二版设计。

“这版设计创意是从您的‘漂’酒吧这个名字和情人节的关联而展开的。想突出表达有情人平日忙于奔波，疏于见面，更应该珍惜情人节这一天的节日纪念，两个人安静地喝一点红酒，闲情逸致。这版设计的图形和色彩都是以‘漂’酒吧的色彩为主线而延展开的……”李晓梅一只手指着图样，一只手随着自己的讲述，不时地做一些手势加以强调。

“嗯，这个感觉不错。”任意稍微侧着头看着图样，左手捏着下巴，右手横在胸前托着左肘，这是他倾听时的习惯动作。

“您再看这一版设计。”李晓梅听到任意的评价，感觉客户有了回应，明显情绪有点高涨，赶忙又把第三版设计的图样推到任意面前，继续说道，“这一版的设计创意是基于‘缘’的理念而展开的。这些密密麻麻的黑色小人形图案，预示着地球上人的数量之多，而这里面有两个红色的相连的小人形图案，表示着在人群中，只有这两个人在某个时间、某个地点、因为某件事情而相遇、相知、相爱，这就是缘分。这版设计创意，没有那么直接表达，但我觉得更有意义……”

“嗯，就定这版！”任意突然指着桌上的图样，手指还不停地戳着说道，完全没有顾及李晓梅的话说没说完。

李晓梅愣了一下，显然对任意的表现有点惊讶。是即将做成一单生意的欣喜？还是因为任意对这一版设计的认可，也引发了她的共鸣？

小办公室里突然安静了几秒钟，两个人谁也没有说话，气氛稍稍有点尴尬。

“要不……这几个样稿给您留在这里，您再比较考虑一下，看哪个更合适。”李晓梅好像意识到了这一点，微笑着冲任意说道。

“嗯嗯，好的，我再考虑一下。”任意把桌子上几张样稿合上，装到文件夹里，然后随口问道，“你是学设计的吗？”

“不是呀，我没学过设计。”李晓梅笑了一下，有点俏皮地答道。

“噢？看你讲得很专业，还以为这些是你设计的呢。”任意有点惊讶。

“这是我们的设计师做的，我只是学着人家说而已。”李晓梅有点不好意思。

“嗯！”任意赞许地点了点头。

样稿确定后，两个人又聊了一下这些宣传单页印刷的尺寸、数量和完成日期，李晓梅仔细地把这些都记录在自己的小本子上。

“您确定后或是有什么修改意见，就打电话吧。”李晓梅笑了一下说道，言语之意，工作已经完成。

任意一时也想不出一个让谈话继续下去的理由。

李晓梅走了，不仅带走了任意的目光，还挠痒了他的心。

两次短暂的接触，任意对李晓梅有了一种异样的感觉。

每个人碰到自认为很重要的事之后，都有一种诉说的欲望，任意也不例外。

在北京，能听他倾诉的也只有付雨。

现在两人虽然都有各自的工作，但为了省些房租和彼此照顾，还一直是合住在一起。

付雨做销售主管的工作，每天都是朝九晚五。任意经营这个酒吧，则经常是“一天从下午开始”的纯粹夜猫子型工作。

周末，付雨休息，他爱“垒长城”（打麻将），经常到朋友那儿干个通宵，跟那些小方块较劲。赢了忘记了疲惫，输了则想起了烦恼。

别看两人生活在一套房子里，但在一块儿聊天的时间少之又少，有时甚至一个星期都见不了几次面。

一天深夜从酒吧回家后，任意忍不住敲开了付雨卧室的门。

“干吗呀？”开门后付雨满脸的不高兴，嫌任意吵了他的好梦，一边睡眼惺忪地咕哝着，一边趿拉着拖鞋往回走。

话还没说完呢，人早已钻进了被窝。

“喂，醒醒！我跟你说点事，往里边点儿。”任意往床里推了他一把，穿着内衣便靠在了付雨的身边。

付雨不情愿地向床里动了动，他最讨厌的就是男人的体温。

“什么事呀？明天早上再说不行吗？这深更半夜的。”付雨的脸朝向内侧，一只手把被子又裹了裹。

“哎！跟你说呀！我……我认识了一个女孩。”任意白了一眼付雨说道。

“谁呀？又是那些卖酒的？”付雨连头都没转过来答道。

“不是，不是，不是那些促销员。她……是一个设计公司的。”任意不想说了，但又没办法不说。

“漂亮吗？”付雨漫不经心地转过头来，白了任意一眼。

“挺漂亮的，凭直觉我想她不错。她……”

还没等任意说完，付雨便一脸不屑地说道：“觉得漂亮不就得了，看上了就玩玩呗。就依你这一米八的个儿和这奶油小生的模样，请她下两次馆子，档次高一点，出手大方一些，几次也就搞定了。”

任意瞥了一眼闭着眼睛的付雨，没搭话。

“哼！看上了就照我说的做，准没错儿，别那么婆婆妈妈的，也跟我学学。”付雨老练地说，“这么多年都不沾女孩的边儿，我看你就是中了《平凡的世界》的魔了。”

任意明白他俩又没的谈了，便趿拉着拖鞋回他自己的卧室了。

关了灯躺在床上，他依然睡不着。

只要一闭上眼睛，李晓梅的身影就不由自主地出现。

最后，他索性不睡了，从床头柜里取出了那本不知读过多少遍的《平凡的世界》。

他没有想到，在几天后的一场大雪中，会发生故事……

九

自从认识李晓梅之后，任意对她的想象就没停止过。

她的年龄，她的性格，她的学历，她的家庭，她的……李晓梅所有的一切都让任意产生遐想，不时地挑拨他的神经，而她是否已经有了男朋友？这个关键问题更是把任意搅得心神不定，坐卧难安。

腊月二十的中午，任意起了床，拉开窗帘一看，涌入视野的满是白色。

纷纷扬扬的雪花，悄无声息地从灰暗的天空中飘下来。厚厚的一层，压在所有的建筑物上面，将声音也一同罩在底下。

楼前面的一大片平房，在白雪的映衬之下，黑白愈加分明，也更凸显了其高低不平、错落有致的层次感。

远处的马路是一条画在粗糙白纸上的灰线，大大小小的汽车和小心翼翼的行人在灰线上来回蠕动。

任意喜欢雪，他喜欢雪天的洁白与寂静，但不喜欢雪天的马路。

马路上的雪经过车轮的碾压，一部分已经融化成了黑色的水，在低洼之处汇集起来。没融化的那部分虽然还“坚守”在路面上，但早已失去了雪白色的尊严，灰头土脸地被一只只车轮碾压得一条一拢的，马路上坑坑洼洼、沟沟坎坎的，用“翻浆”一词形容此时的路面最为贴切。

突然响起的手机铃声，惊动了正望着窗外愣神的任意。

电话是李晓梅打来的。

李晓梅告诉他，那些宣传单页都已印完，下午就给他送过来。

意外接到这个电话，把任意的神经充分调动起来。

在兴奋中，盼着下午的到来。

生活中，我们经常为了等待某个激动的时刻而将时间的珍贵忘却。为了那个时刻，我们会毫不吝惜地期望时间走得快一些，再快一些。

雪停了。

下午五点钟，天色已暗，地上的雪白映出了一丝蓝幽幽的荧光。

李晓梅又出现在马路对面，一看便知她跟上次一样，是坐同一路公交车来的，公交车站就在马路对面的那个方向。

任意感觉到自己瞳孔放大的变化，似乎如果没有眼眶，眼珠子就得掉出来。金鱼的眼睛没准就是这样进化的。

她的穿着依然没有改变，只是手上多了两包宣传页。

李晓梅双眼紧盯着泥雪混合、脏兮兮且溜滑的路面，小心翼翼地向酒吧挪过来。

也许是两包宣传页沉甸甸的，让她很想快速穿过马路，尽管来往穿梭的汽车还不少，但她已经迈下了马路牙子。

意外发生了。

一辆黑色小轿车开过来，并没有因已站在路面上的李晓梅而减速。

脏污的雪水向转动的车轮两侧飞溅。

有钱人碰着的物体都爱张牙舞爪，污水也不例外。

李晓梅见状想往回撤身，可为时已晚，身上的衣服成了一幅印象画的画板，一片片黑色斑点在她白色的羽绒服上显现出来。

她下意识地想抬手护住头部，但没想到手中拎着的那根包裹宣传页的尼龙线突然断了。

一张张被紧紧包在一起的宣传页，猛然间获得了意外的自由，肆意地在她身旁飘散开来，落在脏污不堪的雪水里。

黑色轿车飞驰而去，李晓梅则傻傻地愣在了原地。

行人纷纷停下脚步，把目光毫不吝啬地抛了过来，看着能让他们提神的意外一幕。

没有人过来帮忙，甚至有几位还有点幸灾乐祸地笑着。大概是由于这个故事的主人公是位漂亮的姑娘。

李晓梅站在那里，一动不动。

她没有关心身上的脏污，也没办法回避人们的目光，只是盯着地上那一张张已经变了面目的宣传页。

视野中突然发生的这一切，让任意的双眼大了一圈儿。

他猛地站起身来，冲出酒吧。

伴随着几声不太刺耳的刹车声，任意飞身到了李晓梅的面前，身后丢过来一句狠狠的骂声：“看着点车，找死呀！”

无意中他成了“英雄”。

任意的出现，像是一块吸引力极强的磁铁，立刻把李晓梅的窘迫吸引过去了一大半。

他看到了有两条清晰泪痕的脸和一双无奈的眼睛……

他没说话，蹲下去，随意捡起了一些还没有被雪水浸泡的宣传页。

李晓梅也回过神来，捋了一下头发，正要蹲下和任意一起捡。

任意忽然停下来，一手搂着一些捡起来的宣传页，往怀里一抱，尽可能地多拿一些，一手很自然地抄起李晓梅的胳膊，把她拉了起来。

李晓梅还没反应过来是怎么回事，任由任意拽着，在他身后趔趄着，踩着泥泞的雪水，小跑着过了马路，进了酒吧。

李晓梅的鞋子已经湿透，裤子和羽绒服被溅上的污水染得如花斑狗一般。她站在酒吧里，窘迫地不知怎么才好。酒吧的两个服务员也都看着她，一时也不知该怎么办。

“到我办公室吧。”任意把怀里的宣传页放到一张桌子上，转过头对李晓梅说道，语气就像家人一样自然。

“快进里屋去吧，把鞋放暖气上烤烤，都湿了。”一个微胖的服务员小姑娘，边说边朝李晓梅走过来，拉着她进了任意的小办公室。

小姑娘叫容儿，在任意的酒吧里工作两年多了，内蒙古赤峰人，跟着父母来北京打工，学历不高，大大咧咧，快言快语。

李晓梅被容儿牵到了里屋，容儿拿了一份报纸垫到椅子上，让她坐下。她此时如同一只被线牵着的木偶，只能顺着别人的“旨意”而动。

“容儿，你帮她弄弄吧。”任意朝容儿扬了一下头说道。

“好嘞，好嘞。”容儿瞄了一眼任意，扬起一只手朝他挥了两下，示意他出去。

酒吧也开始上人了，三三两两的客人，进来后找桌子坐下来。

任意朝容儿笑了一下，又看了一眼李晓梅，转身出去招待客人去了。

李晓梅根本无法拒绝容儿的“指示”，只能将鞋脱下来放到暖气上，又接过容儿递过来的一卷卫生纸，撕下一些，开始擦拭衣服上的泥点。

在等待鞋子烤干的时间里，李晓梅与容儿聊起了天。

有句话说，一个女人等于五百只鸭子。

李晓梅不善言谈，但女孩子之间的谈话，还是明显的自然了不少。从容儿这里，李晓梅大概了解了任意的一些过往。

“怎么样？我没说错吧！我们老板肯定是买吃的去了。他这个人就是这样细心，知道咱们俩还没吃饭呢！”

看到拎着两大兜子回来的任意，容儿乐呵呵地对李晓梅说道，以显示自己推断的正确性。

李晓梅看了一眼任意，笑了一下没说话。

“我不是也没吃呢嘛！”任意还故意为自己申辩了一句。

“来吧，趁着这时候客人少，咱们先吃吧！我是从麦当劳里买的，不知道你们爱吃不？”他主要是担心李晓梅爱不爱吃，倒不在乎容儿。

容儿这家伙胃口好得很，只要是花别人的钱，她什么都爱吃。

“爱吃，爱吃。”话还没说完，容儿已接过任意手里两大兜子，放到办公桌上开始翻找。

显然，任意出去这会儿，李晓梅和容儿两人都成朋友了，没有了起初的拘束和客套。

夜已深，“夜猫子”都出动了，酒吧也忙乎开了。

李晓梅光着脚也没办法走，只能一个人坐在椅子上，尴尬地熬煎着。

好不容易等任意空闲下来，李晓梅正想和他说一下宣传页重新印刷的事情，没想到任意却主动坚持说，这些没有被浸泡的宣传页也够用了，不用再重新印了。

任意知道，李晓梅只是个打工的，若重新印刷的话，这些费用肯定是要由她自己承担的。

李晓梅见任意一再坚持，也就不好再推脱，只能不断地对任意报以感激和感谢。

夜更深了，鞋子和衣服也干得差不多了，李晓梅在不断的感谢话中向任意和容儿告辞。

其实，她也想在这里再多待一会儿，给任意帮帮忙，但是不行，因为“家”里，还有一位她牵挂的人……

十

李晓梅走后，任意有一句没一句地和容儿闲聊，其实他最想从容儿那里得到关于李晓梅的一切，想知道她们俩都聊了些什么。容儿随意的一句话，让他有点兴奋——李晓梅还是单身！

接下来的三四天，任意都没睡好觉，只要一闲下来，心里就不由自主地想起李晓梅。

任意陷入了苦恼之中。

苦恼的是自己这方面“较低”的智商，怎么连一个再次接触李晓梅的方式，确切地说应该是一个借口都想不出来。

他还专门就此“请教”了付雨，可付雨给到的答案，非常简单：直接电话约就得了呗，请吃饭、喝酒。

他说，怎么也得找个理由呀！

付雨的回答很干脆：请女孩吃饭、喝酒还需要理由吗？

付雨挣钱、享受、蹦迪、泡妞的生活方式造就了他对女孩子的态度。

任意对付雨的这些看法不敢苟同。他认为如果要想见到李晓梅就必须找一个合适的理由。

百爪挠心、愁眉不展之时，任意忽然得到了惊喜。

腊月二十四中午，刚刚起床不久的任意正在准备做点饭吃，电话响了。任意拿起电话一看，“李晓梅”三个字，让他“咚、咚”地心跳加快。

李晓梅电话里问他晚上有没有事情，晚上想请他吃饭，地点定在安贞桥附近的豆花庄。

任意一秒钟都没耽误，立马答应了李晓梅的邀请。

放下电话后，他才想起来，晚上自己有件更重要的事情：一周前，就已约好了酒水的合作商，要商谈明年的业务计划，这个事情涉及任意下一年的工作节奏和预期收益。况且，今天已经腊月二十四了，还有几天就要过年了，过完年一上班就得开始按商定的计划干活啊！

守约守时，是任意一直秉承做事的原则和风格。况且，晚上的事情又直接影响着明年的生意和收益。

但面对李晓梅的突然邀请，任意却没有丝毫的犹豫。他想尽了理由致歉，推掉了酒水合作商的商谈。

可想而知，下午这半天时间对于任意来说，是多么漫长难熬。

任意到达那家豆花庄饭店的时候，离约定的时间还有一个多小时。

看时间还早，任意便在饭店附近的一家咖啡馆里，要了一杯咖啡，选了个靠窗的位置，喝着咖啡打发时间。

透过咖啡厅的玻璃窗，正好能看到豆花庄饭店的门口。任意的视线就一直锁定在那里，眼神中透着期望。

“哎，任先生？你好！”

正当任意有目的地一直关注着对面豆花庄饭店门口的时候，背后突然传来一句“任先生”的唤声。

这一唤声，如一股巨大无形的外力，把他的身体倏地来了个反转。

任意回头一看，李晓梅也端着一杯冰茶，站在他侧面，一脸惊讶地看着他。

原来，李晓梅到得也比较早，和任意想的一样，到这家咖啡馆里打发下时间，没想到却碰到了任意。

任意见到李晓梅，的确有点意外，连忙招呼她坐下。

虽然总盼着能与李晓梅见一见，但任意发现自己真的独自坐在她面前时，心里竟有些莫名的紧张。他谈客户的时候，几乎从来没有这样过。

“我看时间有点早，就先到这里来了，没想到能碰到您。”李晓梅微笑着打破了僵局。

“我也是。”任意随口应道。

“那天真是太感谢您啦！宣传页损失了那么多，您还不让重印，又给您添了那么多麻烦……”李晓梅有点不好意思地说道。

“没事，没事，真的没事。”还没等李晓梅说完，任意就急着打断了她的话，但嘴笨的他也不知道怎么回答，只能一连串地说“没事”。

都不怎么善谈，再加上任意的紧张，使得两人的聊天，确实不怎么顺畅。

半个小时以后，两人转战到豆花庄饭店。

两人选了个安静的位置坐下后，为了点菜还互相推托起来。

“那怎么行呢！今天是请您嘛！当然得是您点菜了。”李晓梅有点俏皮地笑道。她把那本漂亮的菜单，推到了任意面前。

一般来说，女孩子的俏皮就是气氛调和剂。

女孩的“俏皮”，任意在酒吧里见得多了，但他觉得那些“俏皮”简直就是故作娇嗔，做作得让人难以接受。而李晓梅刚才的那点俏皮，他却觉得非常自然，仅将其纯情动人的另一面显露出来，还把他内心的局促和紧张驱走了不少。

客人渐渐多了，任意与李晓梅的聊天也轻松起来。

他也了解到李晓梅的一些基本情况。

她来自山东西南部山区的一个小村庄，那里可谓标准的穷乡僻壤，一直是国家扶贫的重点区域。

夸张一点说，一百块钱就是一个四口之家一个月的生活费。一分钱如果可以掰开花的话，在这里做买卖的就都得使用显微镜收钱。

此时，任意怎么也不会想到，他的未来会与这个小村庄紧密相连，会在这个小村庄发生那么多难以忘怀的事……

几年前，李晓梅凭着自己的聪颖和勤奋以全县第六名的高考成绩，接到了一所重点大学的录取通知书。但每年几千块钱的学费，对于她家来说根本无力承担，况且她还有一个比她小两岁，同样也学习很好的弟弟。

重男轻女思想颇重的父母，让李晓梅很难受，但她无力改变现状，只好在极端痛苦中放弃了上大学的念头。懂事的她承担起了家里的一些重担，开始打一些零工赚钱，贴补家里和弟弟。

两年前，很偶然的一个机会，她跟随着一位同乡来到北京，开始了自己的“北漂”生涯。

经人介绍，李晓梅到一位老太太家里做了保姆。

这位老太太孤身一人，有个女儿在国外工作，一两年也回不来一次。

勤快朴实又聪颖的她，不仅把老太太的生活料理得井井有条，更驱走了老太太的孤单，博得了老太太的喜爱，几乎把她当成亲女儿来对待。

老太太对她没有上成大学也感到颇为不公和遗憾，一直鼓励并支持她学习，让她要做好自己。业余时间，她学会了电脑，还参加了中文专业本科的自学考试，现在已经顺利通过了近一半学科。

在老太太的支持下，掌握了一些基本技能的她又找到了这份既是文职又是业务员的工作。

虽然工作在外，但吃住一直都在老太太家里。

李晓梅说，她这样辛苦地挣钱，不是为了自己，而是为了弟弟。她知道弟弟肯定会考上大学。她不想让她所经历的一切在弟弟身上重演。

谈及自己，李晓梅好像有点控制不住情绪，要将这一切都倾泻出来，但自始至终语调都很平缓，如同在讲述另外一个人的故事。

她也不知道，为什么对一位刚认识不久的男人说起这些，但她就是想说。

看得出来，她对自己身上发生的一切很平静地接受了。

任意一直都没说话，只是静静地听着，不时端起杯子来呷一口饮料。

在李晓梅没有任何修饰的话语中，他深切地感受到一种刻骨的真实和坦诚。

穿梭于这个繁华都市之中，面对如今众多浅薄与世俗，李晓梅没有因为自己贫困的出身而感到低贱和跌份儿，这更显示了她人格的魅力，朴实得让人钦佩。

他被李晓梅诉说的一切打动了。

他没有想到面前这位心仪的女孩命运如此不幸；他也没有想到她的高考成绩那么好，被那么有名的大学录取；更没有想到她会如此相信自己，向他倾诉这么多他想知道的东西。

其实，他哪里知道，他那天的行为不仅分担了李晓梅的尴尬，而且那细心的关怀更让李晓梅感动。

也许身处父母和朋友呵护之下的我们，认为任意那天对李晓梅的这点帮助根本算不了什么，充其量也只不过是做件好事而已。值得这样备受感动、刻骨铭心，那是因为一个人长时间身处异乡、远离父母亲情，长期客居和孤独的生活，让他们的情感敏感度很高，任何一点外来的善意的情感都有可能让其内心感动不已……

李晓梅对任意的感激是发自内心的，其实那天她和容儿聊天时，也从容儿那里知道了任意更多的东西。

在她的心里，任意也有了一个位置。

人有猜想别人内心的欲望，于是就产生了心理学。

此时如果猜测李晓梅爱上了任意，那还为时过早。

相爱还是需要更深入的了解，对于一般的女孩来说如此，对于李晓梅这样漂泊的女孩来说更是如此。

她们不知道自己的未来在哪儿，自己将来的生活会怎样，就像一艘漂泊在茫茫大海之中没有航标的小舟。尽管她们也渴望美好的爱情，但她们却又紧紧地关闭着自己的感情之门，轻易不肯打开。

时间在欢愉之中，快得总是让人没有感觉。夜里近十点，平时这个时间，晓梅都该照顾老太太睡觉了。

准备买单的晓梅发现，账已被任意付过了。她只好报以微笑，但内心里却能坦然接受。

在任意的一再坚持下，晓梅终于同意让他打车送她回家。

夜晚的北京就是灯的世界。整齐划一的路灯随着路面的起伏而绵延，像是一条披满了灯的长龙。宾馆、饭店门前楼顶上的那些竞相闪亮、扑朔迷离的霓虹灯，更是流光溢彩、绚丽夺目。路边那些擎天柱广告牌的白炽射灯也不甘示弱，将一块块大广告牌照得直扑你的视野……

已近年关的北京，街上的人和车少了一些。

出租车一上了三环主路，便立刻提速，飞驰起来。

北京是车的海洋。

无论是大街还是小巷，只要是能够容纳汽车的地方，肯定就会有汽车存在。

一个红灯亮起，立刻会让几十米，甚至是几百米长的路面在大大小小的汽车下面隐藏起来。

路是不会休息的，无论白天与黑夜，总是会有那么多汽车的车轮在它身上碾过。而在这些汽车里面，又有多少像任意和李晓梅这样的人呢？

任意和李晓梅都望着窗外，谁也没有说话。

出租车从西三环中央电视塔的前面驰过。

再有不多一会儿就到五棵松了。

任意用眼角的余光瞟了一眼坐在旁边的李晓梅。

她的脸稍稍向车窗外侧着，两手握着放在腿上面的那个挎包。

“哎，你们家乡那里有什么特产呀？”绞尽脑汁想了半天，任意才找到这个话题。

“也没……没什么。”

好像李晓梅的思绪被任意的问话，猛地从车外拉回了车内，她把头扭过来，一下子也想不起来什么。

“嗯……”看样子她又有些不甘心，非要想出来点什么，还用右手托扶住了下巴。

“哦，对了，大煎饼。”扶在她下巴上的那只手，突然在胸前下意识地点了几下说道。

“大煎饼？”

“是呀！你肯定没吃过。很大的，有这么大吧！很薄很薄的。”李晓梅把双臂张开比画了一下，若不是怕碰到任意，她可能还要把胳膊展开一些。

“不是北京这里卖的那种煎饼果子哟。”她又补充道。

“好吃吗？”任意想象不出来李晓梅说的煎饼是个什么样子。

“挺好吃的，我们那里都吃这个。”李晓梅颇为自豪地说道。

“姑娘，你老家是山东的吧？”前面那位司机师傅冷不丁地问了一句。

“是呀！您也是山东的吗？”李晓梅听到问话，很兴奋的样子向前探头问道。

“不是，我是北京人。几年前去过山东，吃过你说的那种大煎饼。”司机师傅脸向后稍侧，眼睛还瞄着前方的路。

北京人爱聊天的本性真是到哪儿都能体会得到。不信，你试试。有时打车的时候，大到国际风云形势，小到芝麻碎谷，司机师傅会陪你聊个没完，什么话题都行。

李晓梅听了，有点失望，便缩回身来，对任意说：“等过完年，回来我给你带两张，让你尝尝。”

“那敢情好呀。”任意高兴地回答。

“你们那儿有什么特产呀？”仿佛要一报还一报似的，李晓梅斜看着他问。

“我们……那里还真没有什么特产。”任意紧皱着眉头，边琢磨边答。

的确，他的老家还真没有什么特产。

哎！突然想到了他们老家楼下不远处的那家“王老五酱香猪蹄”，这是他最爱吃的。

不过，这也不算是特产呀！他头脑中像电影的快镜头似的，搜寻着可以称之为特产的东西。

“哦，到了。师傅您就在这儿停吧。”李晓梅的一声话语，把正在挖空心思想特产的任意拉回了现实。

任意跟在李晓梅的后面下了车。

“我就住在这个小区里面。多谢你了，你也赶紧回吧。”李晓梅转过身来对任意说。

“好的。记住喔！春节回来给我带大煎饼！”任意开玩笑地说，这也不过是他想与李晓梅再联系的一个借口。

“没问题，肯定忘不了。过年回来我给你打电话。再见。”李晓梅微笑着回答，说完向任意挥了下手，便扭身向小区的门口走去。

这是一个旧式小区，黑暗中可以看到一幢幢老式楼房。

任意并没有怎么注意这个小区，他也根本没想到几年后，经历了巨痛的他，会在这个小区里，见到一位老人，听到一个影响他人生的故事……

十一

那一年的春节，任意是在一种矛盾的心情中度过的：既希望能在家多待几天，多陪陪父母，又盼着能早点回京，能早点见到李晓梅。

亲情与爱情碰撞的时候，矛盾是激烈的。不然，那个“先救母亲还是先救老婆”的假设，怎么会如此流行。

自从任意去了北京以后，下岗后一直闲在家里的父母，也很快接受了没有经济来源的现实。

琢磨来琢磨去，老两口掏出了几乎大部分准备将来为儿子娶媳妇的积蓄，在楼下开了一间经营日常用品的小商店。

虽说流水不多，但每月下来也能挣个千把块钱，基本上够老两口的生活开支。

近两年，由于任意在北京发展得不错，隔三岔五寄回来的钱让老两口的生活也接近小康状态，完全没有必要再干这个小商店，但他们依然起早贪黑地忙活着进货卖货，把这个小商店经营得也很有活力。

此时，他们已将这种劳作视为治疗他们想念儿子、驱走孤独的一剂“良药”。

每年一进腊月门儿，老两口就开始盯着挂历，盘算着他们的儿子什么时候回来，该为儿子准备些什么：要早点去买“王老五酱香猪蹄”给儿子留着，要不临近年底那两天没准儿就买不上了；还有他爱吃的年糕也得多做点儿，这得要去离城里二十多里地的王家庄镇上买黏米面；再做一点粉蒸肉……

虽说临近年底一般也是小商店生意最好的时候，但老两口已无暇顾及了。

一切都早早地准备齐全之后，他们便开始守在电话机旁等着儿子回家的电话。

尽管任意每次回家都不要他们到车站去接，可无论他乘坐的火车晚点几个钟头，只要他一下车，出了站口后，总会看到等他的父母。

春节这几天对于父母来说，是一年中最高兴的几天。

都快晚上十二点了，父亲还靠在沙发上，似睡非睡地看着电视，而母亲却还在与任意聊着天儿，谁也没有睡觉的意思。

老两口的心里其实也在为任意的婚事着急，眼瞅着任意快三十了，也该成家了。在北京找，那大城市里的女孩子靠谱不？找个北京人，将来女孩儿家会不会看不起咱们？在老家这里找吧，得找个有稳定工作的吧！女孩子肯定知根知底儿，但任意又在北京工作，两地这么分居也不是个事儿。找个没稳定工作的吧，将来生活压力全得靠任意一个人……

老两口平时经常为任意的婚事发愁，如此盘算着睡不着觉。

往年春节，为了父母，任意总是尽量能晚一天回北京，就晚一天回。希望能在家里多陪父母待一会儿，他知道父母的心里也是这个意思。

可今年他的心里又多了一个人。

想起李晓梅，他又希望能早一点回北京。

有时他甚至呆呆地想：此刻，不知道李晓梅正在做什么，是不是也有同样的心情呢?

在两种心情的煎熬中过完春节，按照原定日期，任意带着对父母的歉疚和想见到李晓梅的急切回到了北京。

果然，李晓梅给他带来了家乡特产——大煎饼。

“大煎饼”的出现，也在无形中将两人的距离又拉近了许多。

可以这样说，它就像是一篇文章中非常重要的一个承上启下的小段落。寥寥几个句子，不仅接续了上面段落所描写的内容，也使得其下又有了文章可做，把上下段落衔接得浑然成为一体。

任意与李晓梅的爱情故事也就由此展开。但对于李晓梅来说，这份爱情是她始料不及的。

作为一个二十七岁的姑娘，她的婚事问题，来自父母、亲戚朋友、村里邻居的压力，比任意更大，像她这年龄的姑娘，在她们老家那里基本上都是一两个孩子的妈了。

李晓梅与其他正值妙龄的女孩一样，也非常渴望美好的爱情和家庭。也常常在闲暇之余将自己的思绪放纵开来，在幻想中编织着自己未来的情感归宿。

但真切的生活，一次又一次地将她拉回到无情的现实之中。

偏远而又贫穷的家庭，高中学历，仅这两项就让她知道，自己如同一片飘浮在空中的云，不甘心也没有办法，她根本没有能力主导自己未来的生活。

想起这些，一种莫名的惶恐与迷茫就会在她心中升起，确切地说还有悲凉。

今年春节，父母也对她提起了她的婚姻问题。

老两口不想让她再去北京打工了，在当地找个好点儿的人家嫁了。

他们的意思很明显：尽管这个家特别需要每月她从北京寄来的钱，但因为供不起她上大学就已经很内疚的父母，不想再耽误她的终身大事。

再说，老是在北京打工终究也不是什么长久的事，打到什么时候算个头儿呢？

这个大都市的一切让她感受到了一种全新的生活方式，她习惯了这里的繁华，也适应了这里的工作节奏。

她喜欢北京，也喜欢这里的生活。

女人出生的地方往往不是她未来生活的地方，女人是漂浮的。女人会因为一个男人而迁移，也会因为爱上一个男人而爱上一个地方。

李晓梅喜欢北京，但北京是不是她未来长期生活的地方，她也不知道。她不知道自己未来的那一半是谁，他会在哪儿，也不知道自己将来会在哪儿。

说实话，她不愿意再回到故乡，她害怕那里彻头彻尾的贫穷。

贫穷，曾无情地捣毁了她的梦想，给她留下了难以抚平的创伤。就像一个恐怖的魔鬼一样，还时常将她的内心咬得鲜血淋漓。

可这并不是说李晓梅变得浮华，厌倦农村，看不起家乡。实际上，她对故乡的思念依然如故，尤其是在情感上更是保持着故乡的传统与纯朴。

她不敢苟同身旁的同龄人们对情感的放纵。

只是在缥缈的未来中，时刻紧紧地压抑着自己萌动的情感。更何况她知道还要为弟弟挣够上学的费用，自己的身上系着弟弟近一半的命运。

李晓梅自己也承认，通过几次的接触，她对任意很有好感。

从结识到现在，两人似乎总有聊不完的话题，和任意在一起她也觉得非常开心，让她忘掉了孤独和烦恼。

从一些细节中她可以感觉到任意这个人很好，善良又有责任。可这更多也只是从朋友的角度来看，她从没敢奢望与任意的爱情。

自从那次送完煎饼，任意又一次次地相约，让她也预感到了些什么。她内心想拒绝，但口中又不由自主地答应。

直到一天晚上，任意和她吃完饭，准备送她回家的时候，将心中所有的勇气都攒到一起，吞吞吐吐地向她表达了内心所想。

对于李晓梅来说，这份爱情可谓突如其来，让她真的有点手足无措。

她确实很喜欢任意，也很希望和任意在一起，但在这份真实的爱情面前，她又不由得想到了两个人各自的“条件”。

是的，爱情是美丽而自由的，但也受到现实生活的制约和摆布。

任意，身高一米七八左右，标准而又健美的身材，穿什么样的衣服都会显示出那股子帅气。一副金边拉丝眼镜将一张本来就很清秀的脸，映衬得文质彬彬。他有着大学本科文凭，自己又当着小老板。虽说生意做得不大，但也是钱财无忧。

这样条件优越的小伙子无论到哪里都是女孩子倾慕的对象。

而自己呢？仅从自己的高中学历上就不相称，更何况家里条件又不好，还有一个今年如果不出意外的话，肯定能考上大学的弟弟……

经济上强烈的自卑感，让李晓梅忽视了自己优势的一面。她不仅拥有让人心动的外表，而且在自然朴素之中透露出来的那股坚韧和清秀的气质，绝非一般女孩子的脂粉气所能比及，技术再优秀的化妆师使用顶级品牌的化妆品也难将这种气质真正描绘。

她不知道，这也正是为什么任意那固守了多年的情感之门，在与她第一次见面后就微微开启。

然而，李晓梅内心的这些担忧与矛盾，在任意真挚又热烈的情感面前慢慢消散，取而代之的便是情感爆发后的真诚回应。

热恋是浪漫的，而这浪漫又分多种。

为心爱的人戴上一只精美的钻戒，必须得多少克拉，少一克拉情都不真诚；送上一支价格不菲又含羞的玫瑰；在充满“小资情调”的咖啡店里相拥共品一杯浓情的咖啡，必须还得喝“猫屎”咖啡；在装修考究的西餐厅里吃一份西班牙的牛排，喝着法国的红酒，每一杯红酒，服务员都得讲上十几分钟的来历；在金碧辉煌的音乐厅里听一曲经典的爱情音乐；要用999个气球、999根蜡烛、999朵鲜花摆个“心”形，制造个求婚仪式……不用去亲身体验，单从这些文字中就可以品出这一切所显示出来的浪漫与甜蜜的气息。可这种浪漫必须有“孔方兄”这个“第三者”掺杂其中，缺了这位“先生”是无论如何也浪漫不起来的。

而不知怎的，在如今的现实生活中我们却感到，这些“浪漫”总是掺杂了过多人为的装饰和做作。它就像是那雨后浮在空中短暂的彩虹，虽色彩瑰丽，但也虚幻飘逸，少了些许的实际。

很多就是某种人为的显示，或是他在显示什么，或是她需要显示什么。

还有一种“真实的浪漫”（姑且让我这么说），没有钻戒，也没有玫瑰；没有咖啡，也没有音乐；更没有闹市街头旁若无人的热吻相拥；一个时间不长但很关切的电话；一次街心公园里长凳上的促膝长谈；亲手为他（她）做一顿自认为拿手的饭菜。可能在有的人看来，这些根本上谈不上是什么浪漫。但对于很多人来说，它的的确确就是一种浪漫，而且它缺少了“孔方兄”的打扰，只留下两个人的平静，它不华丽喧嚣，只是朴实平常，却融入生活，基于真情。

任意和李晓梅热恋中的浪漫，当然属于第二种类型。

对于恋爱中的任意和李晓梅来说，两人除了在心中多了一份依托和牵挂之外，生活并没有发生什么大的变化。任意依旧经营着他的小酒吧，而李晓梅依旧在那个公司上班。晚上的时候，有时她会出现在酒吧与任意和容儿一起忙活。

开朗的容儿不时地还会对两人开个不大不小的玩笑，让笑声洋溢在这个小酒吧的每个角落。

如果再碰上歌手郑杰和沈扬来了的话，大家还会和着他的吉他声共唱一首流行的歌曲。

此时，欢乐与爱情的甜蜜便紧紧地融合在一起，在酒吧里尽情荡漾，甚至让每一位客人都陶醉其中。

几个月下来，李晓梅不仅对酒吧的业务了如指掌，而且都快成为一个非常不错的服务员了。但任意坚持不让李晓梅促销啤酒，他不想让有些男人嬉笑调情的话语伤了他心中纯洁的天使。

快乐冲淡了时间流走的痕迹。

任意和李晓梅的恋爱，付雨是看不上眼的。

虽然付雨也承认晓梅身上所表现出来的那种内在的东西，在他所接触的那些女孩子身上是根本找不到的，但是他还是奉劝任意不要这么冒傻气似的执着。

现在有一些女孩就是这样，表面上装得很清纯，专门骗像任意这样的傻小子。

任意不想和付雨争辩，也知道付雨是为他着想，但是他不愿意付雨这样想象李晓梅，诋毁她的形象。

然而，事情的发展还真让付雨给说“对”了。

十二

转眼间到了七月。

这个季节，向来是酒吧的旺季，“漂”当然也不例外，每天都忙得不亦乐乎。

往年这时候，任意一般都要临时招聘一两个服务员来帮忙，但今年因为李晓梅经常过来，他放弃了这个打算。

容儿还劝李晓梅辞了那份工作，到这里来干算了，还开玩笑地说反正酒吧挣的钱早晚是你们俩的，但李晓梅却婉言拒绝，她坚持不辞掉自己的那份工作，每天照常上下班。

一天下午，酒吧还没有客人，任意和容儿在屋内收拾东西，一边做着一些准备工作，一边有一句没一句地搭着话。

“老板，今天梅姐来不来呀？她三天不来，我都有点想她了呢。”容儿打趣道。

“谁知道呢！可能她那儿也很忙吧。”任意擦着桌子故作不在意地回答。

嘴上这么答，可他心里在说：你想她，我不想呀！还真是，晓梅得有两三天没来了，不知道她在干什么呢？

期间两个人打了几个电话，晓梅总是急匆匆地没说几句就挂了。

突然，任意的手机铃声响起。

“我猜肯定是梅姐打来的。”容儿笑着说。

果然是晓梅来的电话。

任意边接电话，边往外走。

他不想让容儿听到他与晓梅之间的亲昵。

吧台里的容儿微笑着向他撇了撇嘴，心里说：谁不知道你们说什么呀！少不了又是一些肉麻的话。但这回容儿错了。

电话那头的晓梅好像出了什么事，说话有些支支吾吾的。不想说，但又不能不说的样子。

这是任意始料不及的，他有点着急了，忙问她出了什么事，是不是病了。

电话那头沉默了一会儿，晓梅才道出实情，她想向任意借五千块钱。

尽管晓梅怎么也不肯说出借钱的原因，但任意却长出了一口气，只要晓梅身体没事就好。

至于几千块钱嘛！这对于现在的他来说，还不是一个太大的数字，是可以随时解决的。

第二天一早，他就将五千块钱打到了晓梅的账号里，他才不想让心爱的人为钱而着急。

可自从任意给了晓梅钱之后，晓梅就再也没有来过“漂”，虽然每次接电话的语气一如往常，但对任意的每一次邀约，都始终以工作太忙为推脱，甚至是周末。

思念，犹如火山喷发出的岩浆，灼烧着、吞噬着任意的心；迷惑，也如乱麻，时时地缠绕着他，让他困顿不已。

近一个月过去了，除了能偶尔接一下任意的电话，简单聊一会儿后，李晓梅再也没有出现过。

按捺不住内心的焦虑，任意按着李晓梅名片上的电话，给她所在的公司打电话询问，得到的消息是：李晓梅已经辞职了。

任意虽然有点怀疑自己的判断，但他依然不肯承认李晓梅是骗他的钱，他无论如何也不会相信。可事实是自从任意给了李晓梅钱以后，她就好像换了一个人，没来过酒吧帮忙，打电话的次数也少了很多，而且每次电话聊天又都是那么的不自然，感觉她总是在担心任意知道她什么事似的。

以往晚上从酒吧忙完后，任意回到家里倒头便睡。但现在他开始睡不着觉了，翻来覆去地躺在床上，真正体会到失眠是多么的难受。他每次都强制自己闭上眼睛，但一合上眼，脑海里就全是李晓梅的身影，放电影似的把他们俩过去的交往一幕一幕地呈现。不仅如此，他自己也控制不住地把这些交往场景，仔细地推理分析，强迫说服自己：李晓梅不是在骗他的钱，她不是那样的人。

越分析，就越兴奋，闭着的眼睛和脑子都感到隐隐的痛，想睡着觉是不可能的了。

烦闷的他又坐起来，点着一根烟，拿出啤酒，一仰脖就是一罐。不胜酒力的他连喝三四罐，早已晕乎。在烟和酒的作用下，他倒头睡去。

梦中，一个苗条的身影，总会不期而至……

陷于纠结困顿、时时想念李晓梅却又见不到她的任意，在某天晚上却非常偶然地见到了李晓梅。但眼前的李晓梅，让他震惊无比，心里透底拔凉，胸口阵阵发闷，呼吸都近乎困难，又如同被突然抽去了筋骨一般，浑身瘫软，一直追随与信奉着美好感情的精神支柱轰然倒塌。

任意眼前的李晓梅，让他压抑许久的内心彻底崩溃。

一场与李晓梅的“战斗”，在近乎失去理智的情况下，突然爆发。

十三

任意与李晓梅的“战斗”非常激烈，他虽自感胜利，但也大失“元气”。

李晓梅的变化与离去，如同抽走了任意的精气儿，除了招呼客人，任意便坐在“漂”的某个角落发愣。

幸好有服务员容儿，“漂”的业务才没有被耽误。

忙碌冲淡了痛苦，闲暇就是烦闷的培养基，酒精与香烟则成了任意的伴侣。

米兰·昆德拉说过：生命中无论什么事情都不会长久地沉甸甸地压在人的心头上。

时间老人就像一位专职的清洁工，无论是兴高采烈的欢乐，还是撕心裂肺的痛苦，经过他耐心的冲刷后，只会留下一丝淡淡的痕。

天气由热转凉，树叶亦由绿变黄，十月的北京已近深秋。

任意的痛苦，也渐渐地被时间老人清理得几乎干净了，身体的元气也渐渐恢复，久违的微笑再次显露在略显清瘦的脸上。

剧变总在平静中酝酿。

一个星期六的下午，像往常一样，此时的“漂”里面还很清静。

容儿和其他两位服务员，在吧台里忙活着，任意自己则冲刷着卫生间。

忽然，一个小伙子出现在门口，怯怯地向屋内探望。

黑塑料质地的眼镜框，显然已经“过时”；一件皱巴巴的灰色夹克，松垮地套在身上，更凸显了其瘦削；一条没有裤线的深蓝色筒裤，罩着他瘦长的双腿；白色的旧旅游鞋，与衣服极不相配。

人靠衣服马靠鞍。

富有经验的容儿一看便知，小伙子肯定不是要进酒吧消费的客人。

“你……有什么事吗？”她皱着眉头问道。

小伙子胆怯地瞄了她一眼，没说话，目光游移不定。

容儿以为他没听见，又提高了声音，问道：“喂！你干什么的？有事吗？”

容儿的问话吓得小伙子一愣，眼睛赶忙定向了容儿，表情肌僵硬地拉带出一点笑容：“请……请问这里是‘漂’酒吧吗？”

呦，这位还真的近视，戴着眼镜还看不清那么大的霓虹灯字！容儿觉得小伙子多此一举的问话很可笑。

“是呀，你有什么事？”

“我……找一下这儿的老板……任意。”小伙子强挤出一点极度不自然的笑意答道。

“老板，有人找。”容儿转脸朝里面喊道。

听到喊声的任意，停下手中的活儿，从卫生间里走了出来。

“这就是我们老板。”容儿朝着任意扬了下头，瞥了一眼小伙子说道。

“您就是任……任先生？”小伙子直盯着任意，连续点了几下头，低声问道，想确认无疑。

“是呀，您是哪位？找我有什么事吗？”任意冲着小伙子点了点头，也不乏疑惑。

任意自己经历过最底层的漂泊生活，深知被生活折磨的那种没有自尊的滋味，所以他每次见到类似小伙子这样子的年轻人，说话的语气就格外的客气，他不想因为自己的态度伤害到他们的自尊。

小伙子朝任意点了一下头，又瞄了眼容儿，像是下了什么决心，右手迟缓地伸进夹克的内兜，摸索出一个折叠着的信封和一个用报纸裹成的小包，给任意递了过来。

“这是什么呀？”任意一脸的疑惑，但问话中还带着笑。

“我姐姐让我捎给您的。”小伙子的手一直伸着，冲着任意说道。

“你姐姐？谁啊？”任意更疑惑了，有点惊讶地问道。

容儿也有点好奇，停下手中的活，看着他们俩。

小伙子没说话，只是把信封和小包一直伸着，想递到任意手里。

任意好奇地慢慢接过。

他看了一眼信封，眼睛突然睁大了一圈儿，心脏剧烈地跳动起来，但面部表情瞬间变得僵硬，如同三九天的一块冻肉……

十四

信封上手写着几个字：转交任意，李晓梅。字迹清秀而有力。

任意拿着信封和纸包，一时没反应过来是怎么回事，只是愣愣地呆在原地。

容儿看到任意不对劲儿，以为发生了什么事，赶忙也凑了过来，歪着脑袋，好奇地想看看是怎么回事。

回过神来的任意，才想起来问小伙子是怎么回事。

小伙子叫李晓明，就是李晓梅几个月前所说的那位学习很好的弟弟，9 月份刚刚考入北京理工大学计算机系。

见事已办完，李晓明长出了一口气，和任意、容儿打了个招呼后，片刻没停就离开了。

对信封和纸包里的内容，强烈地想在第一时间单独打开的任意，此时也顾不上什么礼仪了，也没有特别地想留下李晓明的想法。他现在只想一个人打开信封和纸包。

送走了李晓明，任意立马进了他的小办公室，关上门后，发着抖的手迅速地先撕开了纸包。一沓子百元大钞，凭着经验判断，这沓子钱得有四五千块。

据试验：人一见到钱，就会瞳孔扩大，心跳加速，呼吸紧张。此时的任意也是这样，但只有他自己知道，他并不是因为钱。

哆嗦着的手撕了好几下，才将信封打开，一纸清秀而熟悉的笔迹跃入眼帘。

信的内容，让他真恨不得狠狠地抽自己几个响亮的耳光。

他闭着眼睛，逼着自己冷静，可徒劳无功。

不行，要去找她，她现在在哪儿？

可她的手机已停机，怎么找到她？怎么找到她！

情急之中，他想到了李晓明。向容儿交代了一下工作后，任意便打车直接去了北理工。

任意的突然出现，让刚刚回到宿舍不久的李晓明愣住了，不知道又发生了什么事。

得知来意，忐忑不安的李晓明这才放下心来，但怎么也不肯说出他姐姐在哪儿，现在怎么样。因为他姐姐特意交代他不要和任意说任何事情，只把信封和纸包交给任意即可。

无奈之下，任意只好和李晓明道出了他和晓梅恋爱的实情。

其实，大白天有时候也可以看到星星——当你受到强烈的刺激之后。李晓明告诉了任意他姐姐的现状，就让任意大白天看到了星星。但就是不告诉他李晓梅在哪儿。

他如同被人当头打了一闷棍，胸口发闷，心里发堵，脑子里一片空白，腿脚似乎也被抽去了筋骨……

他的心被掏空了，和李晓明告辞后，游魂般地走出了学校的大门。

接连不断的呵斥声，才让他意识到躯体是在路上行进着的，但已阻挡了其他人的去路。

一种莫名的悲哀和绝望，让他不寒而栗。他感到背后直冒冷气，不敢再往下想了。

被抽走了思维的任意，拖着无力的身躯勉强回到了“漂”酒吧，借着平时动作的惯性，机械地忙碌到深夜，直到送走最后一位客人。

容儿和服务员也下班了，酒吧里静了下来。

任意关闭了屋里所有的灯，在黑暗中默默地坐着，脑子里全被李晓梅占据，放映起了一幕幕“怀旧电影”。

怀旧，引发了他的思念，一次次让他忍不住流泪，懊悔和内疚又疯狂噬咬着他的内心，痛苦难平……

如果黑夜里真的有鬼，也会被任意的狂躁吓跑。

在酒吧里翻腾了半宿后，他终于作出了一个决定。

天已蒙蒙亮，任意这才感到身体如散架一般松弛，被瞌睡一拳击倒在桌子上面。

日出之后，他又直奔北理工。

他必须要得到李晓梅的确切地址，他今天就要找到李晓梅，无论她在哪里。

任意感动了李晓明，也让他知道他姐姐为他付出了多少，又经受了多少委屈。

李晓明不仅告诉了任意李晓梅在老家的地址，还带着哭腔求着任意，一定要把他姐姐“救”回来。

离开理工大，任意回到家里，简单收拾了一点东西，便直接到了北京站，找倒票的“黄牛”高价买了一张当天下午起程的火车票。

十五

永德市，一座二十万人口的小县城，位于山东西南边缘，和江苏接壤，是我国东部地区的南北过渡地带。

较为独特的地理位置，将江南水乡的灵气与温柔和北方丘陵的豪迈与粗犷巧妙融合在一起，形成了其独有而又丰富的区域文化。

永德的经济并不发达，国家重点扶贫县，尤其以离市区五十公里左右的西北部山区几个乡镇最为严重，怀丰镇就是其中之一。

李晓梅家所在的村庄——李各庄，就隶属这个镇。

凌晨五点钟，永德火车站出站口，两扇用粗钢管焊制成的黑色铁门，“吱吱呀呀”地被两名睡眼惺忪的工作人员推开，露出了两排仅容一个人通过的铁栏通道，出站口就像一位疲惫的老人打着哈欠，露着仅剩两颗门牙的嘴。

随着“呲呲”的喘气声，一列火车慢慢地爬伏进站，停靠在一号站台，如同一位跑累了的长跑运动员，想停下来补充点水。

旅客从各车厢里鱼贯而出，三个一群两个一伙地散落在站台上，嘈杂声瞬间打破了站台内清晨的宁静。

旅客们停顿片刻，看到了出站口后，都朝着出站口涌了过来，犹如粒粒铁屑受到了磁铁的吸引，在大铁门里面形成了一个蠕动着的黑色“疙瘩”。随后又在清醒过来的两名检票员的“监视”下，拿着车票，顺着铁栏通道，一个一个挤出，里面那个黑色的“疙瘩”一点儿一点儿地“融化”了。

任意也随着人群出了车站。

凌乱的头发和阴郁的表情，显示出这一夜火车行程对他的煎熬，两只发红的眼睛透过镜片射出的目光和急匆匆的步态，又露出了他内心难以抑制的焦虑、急迫和不安。

他停下来环望了一下四周，找到公共汽车站的指示牌，又掏出手机看了看钟点，便顺着指示牌指引的方向，朝着站前广场的东南侧奔去。

根据李晓明昨天所说，那里早上五点半就有发往怀丰镇的小公共汽车。他不愿意耽搁哪怕一分钟，他要尽快到达李各庄村，见到李晓梅。

小公共汽车车身上的车漆，缺一块少一块，显示出其车龄已近晚年，但还在继续为主人努力创造着效益。

车上只坐了五六位乘客，乘务人员和两位拖着装满东西的蛇皮袋的乘客，在为蛇皮袋货物是否需要买两块钱的车票争论着。卖票的女人说蛇皮袋占了一个人的地方，必须要买票。农民模样的乘客却说反正也没什么人，空着也是空着，坚持就是不买。争吵了好一会儿后，也没什么结果，几个人反而打起了哈哈，开起了玩笑。

司售人员显然对这趟车的生意不太满意，过了半个多小时，仍磨蹭着不发车，卖票的女人继续扒着车门朝着路过的人群，“怀丰、怀丰”地大声喊着，那神情好像想让“地球人都知道”这车是开往怀丰镇的。

皇天不负有心人，终于又上来了几位乘客，小公共汽车这才极不情愿地发动，带着心急如焚的任意驶出了永德市区，驶向怀丰镇。

马路的路况，往往也反映一个地区的经济水平。

驶出市区后的马路开始变窄，坑坑洼洼的路面，一看便是年久失修所致。清晨的马路上很清静，车子和行人都很少。

两侧的田地里现在也没了庄稼，只剩下一堆堆捆扎好了的玉米秸秆，像一个个金字塔似的矗立着，烘托了马路的开阔。

小公共也不愿意放弃这顺畅的机会，司机师傅也不知道是为了显示自己技术好、路况熟，还是想尽可能多拉几趟活，开得飞快。车子忽左忽右来回变道，上上下下的，颠簸剧烈。

唉！生意人都是这样，谁愿意浪费时间和挣钱的机会呢？

虽然车坐得很难受，但这正好遂了任意“快”的心愿。

一个小时后，小公共到达怀丰，在路边的一个空场上停下来，车身四周腾起一路尘土，显然这里就是小镇的“公共汽车总站”。

下车，任意的视野便被四周起伏的山峦挡住了。

这不到山脚下了吗？不远处光秃秃的山腰上蜿蜒的小路清晰可见，像一条条趴在那里不动的蛇。

一条并不宽广的大街，两侧房屋的一层、二层上面，一块块涂着横七扭八汉字的招牌，表明这里是一些商铺和餐馆。

看来这条街就是怀丰镇的“商业街”。

到李各庄怎么走呢？

李晓明告诉过他，在这里下车后，还要坐三轮车才能到。

可这里哪有三轮出租车呢？

除了刚刚一块儿下车的几个人以外，马路上再连个人影都见不着。

跟小公共的售票员一打听，任意才知道时间还早，三轮出租车还都没来呢。

是呀，一个不发达的偏远小镇，很少有像他这么早就“打车”的人，清闲惯了的人们谁愿意这么早就出车呢。

没办法，任意只好在路边的一块石头上坐下来，四处张望，期待着三轮车的出现。

此时他的感觉，路上每开过一辆车，好像都是拉活的。

思绪不由自主地又被李晓梅拉走。

她正在做什么呢？她看到了自己会怎样？她变成什么样子了？……

一连串的问题，像一把把鼓槌重重地击打在心中，“咚、咚”直响，甚至把魂灵也震得脱离了躯体，四处无根，没有着落。

忽然传来一阵“突、突”的三轮车声，由远及近。

终于来了一辆。

任意从石头上站起来，瞳孔增大了一圈儿。

毫无疑问，他将是这辆车今天的第一位乘客。

开车的是位四十岁上下的中年人，一脸络腮胡子，看见任意向他招手，便直冲过来，还没等车停稳，便热情地问：“去哪儿呀？”

“到李各庄。”

“呦！李各庄，那还不近呢！……”络腮胡好像故意要再说点啥，能为多挣一点车费。

没等络腮胡把话说完，任意已经走到了三轮车旁，想自己打开那个外面用一根细竹棍做“锁”的小门。

凭借多年拉活儿的经验，络腮胡一看就知道这位不仅是外地人，还肯定是个急茬儿。

“到李各庄得二十块钱。”他一边打开车厢的小门，一边满脸苦相地说，那神情好像去李各庄是要求他登天似的。

“行，走吧！”已坐在后车厢里的任意痛快地答道。

从络腮胡欢喜的表情中可以看出，他对这趟活非常兴奋，肯定在想：今天早上，左眼皮没跳哇！怎么刚出来就遇上这么个“大活”。

三轮车一开始还较为平稳，可没过一会儿，好像也受到了主人兴奋劲儿的感染，有些把控不住，喝醉了酒似的连跑带颠起来，把任意的五脏六腑晃动得似乎都搅和在一起了。

煎熬了一宿、腹内又空空的他有些吃不消了，大声地朝络腮胡喊道：“师……师傅，开慢……点，注意……安全……哪……”

“您……没……看这路哇！坑……坑洼……洼的，没……办法。”

络腮胡断断续续的声音也随着三轮车的颠簸而上下飘动。

任意这才透过车厢侧面一尺见方的小窗户向外看去，他不禁吓了一跳。

三轮车已经上了山，正在一条石土混合的小路上跑着，旁边一侧虽然可以看见沟底儿，但少说也得有三四十米深。

这下他不再言语了，只是紧紧地抓住车厢里面的铁栏杆。

大约过了半个多小时，兴奋过了头的三轮车喘着粗气，好不容易才停了下来。

车厢门打开了，络腮胡微笑的脸出现在任意面前，显然剧烈的颠簸并没有把他的兴奋劲儿颠跑。

“小伙子，李各庄到了，下车吧！”

“到了？”如耶稣受难般的任意一边问，一边弯着腰从车厢里跳出来，苍白的脸上夹杂着一丝激动不安的红晕。

如果不是思想有准备，任意根本不敢把视野里的景象叫作村庄。

他印象里的村庄应该是这个样子：一间间围着院墙的房屋虽规划不是太齐整，但也是相互“挤”着，在平地上凸起，形成一大片砖瓦组合体。

而眼前呢！完全是青石板和黄土的天下，只在房屋的边角处才显示出砖瓦特有的棱角；没有院墙的房屋三间两间地组合，充分占据着山坡上的每一块平地，高高低低、错落分明，好像是怕挤怕热似的分散四处；不大的院子里都杂乱堆放着一些秸秆，几棵碗口粗的树干上挂满了黄灿灿的玉米，显示出今年大秋的收成还不错；一条条踩得黄白的小土路纵横交错，把这些房屋连在一起，似乎要强行把它们组成一个整体。

任意看惯的是自己老家平原上的村庄，而这里是山区。

到了，终于到了。

他深吸了一口气，要把狂跳不止的心脏安抚一下，尽量平静。

按着打听到的路线，任意来到了一个没有围墙的院落。

院子里，一个身影正背对着小路门口从一口大水缸里往脸盆中舀水。

一件老式夹克与灰色筒裤的装束很土，却掩饰不住其苗条的体态，熟悉而亲切。

“晓梅！”

嘴巴挣脱了大脑的支配，要给主人抢功似的将这两个字爆了出来，朝着那个身影飞速地投了过去。

那个身影被准确击中，停下手中的活儿，转过身来。

如同被孙悟空施了定身法，李晓梅睁圆眼睛，张大嘴巴，成为一座失去灵魂、肉质的“雕像”。

“咣啷”一声，脸盆掉在了地上，水花四处飞溅。

一切都太突然了。

“晓梅。”

嘴巴因为刚才的“抢功”而受到了“上级”的处罚，再次吐出的这两个字，软绵而无力。

晓梅身上的“定身法”虽解除，但依然还愣在原地不知所措，等待着被惊愕吓走了的魂灵归来。

这当口，任意已经跃过了青石台阶“飞”到了她的面前，双手紧紧抓住她的肩膀。

“啊！啊！你……你……你怎么来了？”

稍微回过点神来的晓梅疑惑地问，表情上除了惊讶还是惊讶。

还没等任意说话。

“怎么了？”屋子里传出来一声问话，随着话音，屋里走出来一位瘦高个儿、花白短发、满脸皱纹，动作相貌与显示的岁数不相称的“老人”。

肩上斜披一件皱巴巴的灰蓝色中山装，光着脚趿拉着一双黑色布鞋。不知是没来得及穿上，还是平时就这样。下身一条肥大的绿色军装裤子格外显眼，显然是听到屋外的动静才出来的。

“哎，你……是谁呀？”屋外的情景让“老人”一下子愣住了，朝着任意大声问道。

任意赶紧放开晓梅，望着“老人”，一时不知所措。

“哦，爸，他……他……是我的一位朋友，北京来的，正好路过这儿。”晓梅赶紧向父亲解释，说完不自主地低了下头，脸上泛起了一层红晕。不知是因为任意，还是觉得这个谎撒得一点儿也不圆满——村庄这么偏僻，怎么会路过这儿呢？

“噢，那赶紧让人家进屋来吧，别在外面站着呀。”父亲冲着晓梅责备道，顺手朝屋子指了一下，当然也没有过多考虑刚才晓梅所说的话的真伪。

晓梅瞄了一眼任意，只好把惊讶与疑惑掩饰起来，强挤出一丝笑容对任意说：“那……就进屋去吧。”说完低着头又很自然地推了一下任意的胳膊。

正不知如何是好的任意得到了“命令”，下意识地跟着她向屋里走去。

屋里的摆设很简陋，却干净利落。

最里面一张大方桌和两把椅子正对着门口，一台20寸的黑白电视机，像个怕见生人的孩子蹲在角落的一个架子上，靠右面的一侧蜷缩着一部样式老旧的双人沙发，两边扶手处的布面已经磨得露出了里面的海绵。沙发的对面有一张勉强称为是黄色的写字台，很像是沙发的难兄难弟，原木从一块块脱落油漆处争着向外看，上面有一个茶盘，里面倒扣着几只玻璃杯。

“坐吧！坐吧！”晓梅的父亲微笑着招呼道。

任意拘谨地点了下头，坐在沙发里。

里屋的门帘一挑，一位中等身材，偏胖，眉眼中透着和善的中年妇女，手里拿着一块毛巾走了出来，衣着同样也很简朴。显然，这即是晓梅的母亲了。刚刚坐下的任意赶忙又站了起来，双手交叉垂在身前，毕恭毕敬地叫了声：

“阿……姨。”

看到任意，晓梅的母亲也一愣。

“这是晓梅的朋友，北京来的，路过咱这儿。”晓梅的父亲一只手点碰着老伴儿，一只手指了下任意说道。

“哦，快坐，快坐吧！”晓梅的母亲随即也招呼道，还忙着用手中的毛巾下意识地擦了擦桌子，自我解嘲地说，“看这家里乱的。”

初见晓梅时的激动与兴奋完全被拘谨取代，任意不自在地坐在了沙发上。

“这孩子，发什么愣呀，还不给你朋友倒点水！”母亲冲着站在沙发旁边还有点没回过神来的晓梅嚷道。

话语中可以听出，她对晓梅这样慢怠北京来的朋友有些不满意。

“哦。”晓梅机械地拎起暖壶，倒了杯水，慢慢地放在任意面前。

晓梅的父母随便聊了几句后，自知和任意也找不到什么共同的话题，便客套地找了个借口出去了。

屋里只剩下了晓梅和任意，空气也跟着慢慢地凝固下来。

沉默中，任意这才仔细地端详了站在桌子旁边一直没有坐下的晓梅，注意到她瘦了好多，而且清秀的脸庞略显苍白。

“你怎么来的？”晓梅低着头，眼睛盯着地面问道。沉默终于被打破，屋里的空气也因为晓梅的声音有了些松动。

“晓……晓梅，我……”本来就嘴笨的任意不知道怎么回复才好，直截了当地说道，“是你弟弟晓明告诉我的。”

晓梅看了任意一眼，又把头低下。

任意注意到她眼里有泪光在闪烁。

空气又凝固了，屋子里静得只能听到小闹钟“滴答、滴答”着一秒一秒走过的声音。

“喝点儿水吧。”几分钟后，晓梅忽然想起应尽一下地主之谊，依然低着头，小声地说道。

“嗯。”任意受宠若惊似的端起杯来喝了一口。

“你……还好吧？怎么会到这里来？”晓梅小声问道，仍然没有看任意。

怎么会到这里来？

这一句问话，恰似一把钥匙，一下子把任意心里的话匣子打开了，憋在心里的那些话，像一群突然获得了自由的囚犯，忘乎所以地争着抢着向外跑，将他的喉咙堵得死死的。

费了好大劲儿他才控制住内心发生的“骚乱”，让那些疯狂的“囚犯”们一个接着一个按顺序走出，直到一个也不剩。

这两天被“囚犯”闹腾得身心俱疲的他也随之痛快了许多。

晓梅依然低着头静静地站在门口，姿势没有丝毫变化，但是智商再低的人也能看出来，她是在强制压抑自己的情感，滚落下来的泪水可以说明一切。

“任意，我知道你是爱我的，可你为什么将我的心刺伤得那么狠，甚至让我不能聚集一丝一毫面对你的勇气，也许是贫穷让我的自尊太敏感了，经受不住这种打击……太晚了，一切都太晚了。”

晓梅痛苦地紧闭着双眼任由泪水肆意喷涌。

像一个做错了事，等待处罚的孩子，任意坐在沙发上低垂着头，不敢再看晓梅一眼。

时间就这样在两人的无语中悄悄滑走。

“晓梅，还是跟我回北京吧。”任意忽然抬起头，涨红着脸说道，两眼紧紧盯着晓梅，期待她肯定的回答。

晓梅闭着泪眼摇了摇头，绝望地低声道：“不可能，已经不可能了。”

像是在回答任意，又像是自言自语。

“为什么？”任意忽然大声嚷道，有点失去理智质问的意思。

晓梅慢慢地睁开眼，抬起头，望着屋顶，没说话。

“你不和我回去，在这里待一辈子啊？”不会说话的任意，又直接问道。

晓梅合上眼，眼泪从眼角里不断流下，幽幽地说：“一辈子！谁知道我这一辈子会是什么样呢？这里是我的老家，不在这里生活，我又能去哪儿呢？这里虽然穷，但我心里觉得有底呀！况且，我……我……”

晓梅的话还没说完，忽然屋外传来一句她母亲的喊声：“晓梅，出来帮我一下。”

这声音让晓梅和任意都惊了。

晓梅以最快的速度抹了两把脸，又稍微稳定了一下情绪，看了一眼任意便开门向外走去。

任意也强制着自己，让肌肉把表情拉得平静，跟在她的后面。

晓梅的母亲双手拎满了刚买的蔬菜和肉，已颤颤巍巍地迈进了院落。

脸上虽挂着微笑，但有些做作，更多的还是疑惑，或许是听到了任意刚才的喊叫，或许是看到了两人并不自然的神态。

母亲的回来，像是一场及时雨，不仅滋润了这个院落里的气氛，也将晓梅和任意刚才的沉闷冲淡了一些。

任意这才意识到已近中午。从昨晚到现在，还没来得及照顾自己的肚子，此时肚子“咕噜噜”地也提出了强烈抗议。

午饭很丰盛，大大小小的盘子摆满了一桌子，还有两瓶当地牌子的啤酒。

看得出来，晓梅的父母已把任意当作“贵宾”招待了。

任意看到桌上一个大盘子里装的几张折叠齐整的大煎饼，他的眼窝不禁一热。

晓梅显然注意到了他表情的变化，轻轻推了他一下柔声说：“饿了吧？快坐下吃吧。”

此情此景，任意觉得好像回到了几个月前。他深情地看了一眼晓梅，而晓梅却好像根本没在意似的，低着头摆弄着桌上的盘子。

经过一上午的“磨合”，任意少了很多拘谨，尽管晓梅的父母在场，午饭吃得也很随意。

晓梅还怕他吃不饱似的，时不时地把几盘离他远的菜，端过来离他近一些，还几次不自主地给他碗里夹菜。

虽然她面无表情，可这已让任意心花怒放了，他像个不知饱饿的傻小子似的吃了好多。

晓梅的父母肯定也从两人近乎习惯的动作中看出了点儿什么。

饭后不久，老两口又找了个借口离开了家。

午饭对于任意和晓梅来说，就是一场激烈足球比赛的中场休息。

父母走后，两人又陷入了沉默而又激烈的“对抗”之中，但相比上午，气氛已明显融洽了许多。

在任意乞求般地一再追问下，晓梅这才道出实情，把任意打击得目瞪口呆——她已经和别人订婚了。

十六

三个月前的那天，任意发起的和李晓梅的那场“战斗”，让毫无心理准备的晓梅，被任意突如其来的责骂、怨恨狂轰一阵后，她感觉心脏像是被撕开了一道口子。

血，在胸腔内喷涌，大脑的“后勤供应”明显不足。

脑子里一片空白，眼前一片灰黑。

怎么回事？是不是地震了？怎么周围的一切都在晃动？

这是白色与灰黑褪去之后，李晓梅的第一感觉。

她想抓住点什么，却感到手臂像是游离于自己身体之外。她想呼唤，却喊不出一点儿声音，一种前所未有的失落与恐惧将她包围，挤压着她。在挤压之下，皮肤上的每一个毛孔都在往外渗出液体，如同豆腐房里那块裹着豆腐脑的纱布。

重新回到视野里的那些同事们的身影，帮助她用尽最后一点儿力气在大脑中拽住了一小片理智，不仅让她找回了自己，也让她强烈压抑住泪水的“火山”，不使其在此刻喷发。

镇静下来的晓梅觉得躯体还是完整的。

她草草地归整了一下被“撕”得碎片残痕的内心，回到自己的座位，但不知道自己应该做些什么，脑海中一直想象着刚才电话那头的任意会是什么样子。

的确，从去年到现在，她还没有看到过任意生气的神态。

终于下班了。

躯体自由了，可思维依然如故，整个下午李晓梅都是在痛苦的想象中度过的。

晓梅想对任意说，你昨夜看到的李晓梅，那只是一个无奈的躯壳，那个李晓梅只是看到在酒吧里这样卖酒，能多挣一点提成而已，其他真的再没有什么了。而一个真实的李晓梅，却隐藏在躯体最深的一个角落里，含着泪与你在一起，共享着感情的欢乐。任意啊！你以为我愿意这样子吗？愿意这样将自己一分为二矛盾着生活吗？

不是，我也不愿意。

我也想活出一个真实的自己，不为生活发愁，不为金钱烦忧。可是，面对现实，我又能怎么样呢？学习很好的弟弟马上就要考大学了，不出意外的话考北京、上海等一些名校根本不成问题，但现实是需要学费和生活费，老实巴交又能力有限的父母半辈子生活在那个穷乡僻壤的村里，根本无力负担弟弟的这些费用。公司里打工挣的那点薪水，不吃不喝全都攒下来的话，也不够啊！我不想总是依靠别人的救助，更不想让我的命运在我弟弟身上重演，而这就需要金钱的支撑。我绝对不崇尚金钱，可我却实实在在地品尝到了没有金钱的苦。

贫穷，又一次打击了我，它与现实一起，又一次将我生活的尊严狠狠地踩在脚下，将我的灵魂一劈两半，让它们在同一个躯壳里相互争斗。

她还想对任意说：她并没有欺骗他的感情，在她心里只有他一个人的烙印。

她想立刻走到任意面前，向他解释清楚，掏出自己的心给他看。

可是，那些从任意口里爆出来的粗话，每一个字在她听来都似雷霆万钧，每一个字都像一把锋利的匕首刺剜着她的心，不仅将她这个想法掩埋，更让她失去了站在任意面前的勇气。

被压抑了许久的泪水"火山"终于喷发了，滂沱汹涌一发不可收拾，包含着委屈、悲伤、痛苦、耻辱、孤独……在她的脸上肆意奔淌，一串又一串地落在异乡的水泥路上，瞬间便被风干，没有人在意，更不会留下任何痕迹。

这一刻，在街上走着的、骑车的、开车的那些来来往往的人们，谁会理解这位可怜女孩的苦衷呢？

不知过了多久，泪水明显少了许多，好像源头差不多已经干涸。

奔淌而过的泪水不仅在晓梅的脸上留下了道道印痕，也将她的内心冲刷得空空荡荡，寂寥而苍凉。

远处，透过灰蒙蒙的天空可以见到落日的余晖留下的那一抹血红，她不由得想起了在家时，这个时候与父母从混合着泥土和青苗气息的田间回家的情景。

父母、家乡，总是漂泊在外的人们痛苦时刻的情感归宿。

近景，被映衬得黑乎乎的高楼大厦，参差错落；一排排汽车的尾灯串起来的红色灯链，随着三环路的起伏而迷离……

眼前，一切的一切是那么陌生，尽管已经在这个城市待了好几年，但依旧飘零。

一个念头在晓梅的脑海之中突然闪过，她的心脏紧紧地收缩了一下。

这个念头像是在晓梅黑暗而又寂寥的心房中划了一道闪电，带来了片许的光亮，但随之而来的暴风雨又将她浇了个透心凉。它让晓梅陷入了一种巨大的恐惧之中，可是却没有就此罢休，它一次又一次猛烈撞击着晓梅脆弱而又空空荡荡的心房。

最后，这个念头终于胜利了。

它在晓梅心中欢庆的时候，晓梅感到自己已不再是自己了，而只是一具没有灵魂的行尸，四周一片黑暗将她包围，孤独无助，内心充满了恐惧。她嘶叫着、奔跑着，她多么希望能有一双手拉她一下，抱她一下，可是没有，什么也没有。

忽然，任意的身影闪现在她眼前，她高兴至极猛跑过去，想扑到他的怀里让身心俱疲的自己得到片刻休息，但还未等她张开双臂，身影又倏地消失了……

她极度痛苦地闭上了双眼，一串泪珠又从眼角溢出、滚落……

“嘀、嘀、嘀……”背后传来尖利的汽车喇叭声，晓梅这才发现自己已走到了三环辅路的中央，几辆汽车在她的身后排起了队。

泪水沿着北三环一直撒到了西三环。

那个突如其来的念头闪过后，就一直盘旋着没有离去，狰狞而又蔑视地讽刺道：回老家去吧！找个男人嫁掉，只要他出得起五万块钱彩礼。

濒临绝望的晓梅屈服了，她忽然感到自己本来就不应该在这个都市里存在，她应该回到那个生她养她的小山村。

瞧，那些流光溢彩、华丽缤纷的霓虹灯，无一不在竞相闪耀着对她报以“嘲笑”；汽车嘈杂的汽笛声也好像对她发出了逐客令，让她无地自容。她感到心力交瘁，此刻真想扑到妈妈的怀里，躺在那个温馨的港湾里，享受一下妈妈的爱抚，痛快淋漓地大哭一场。

随后，她安顿好老太太后，便带着伤心和矛盾的情感踏上了回家的路。

晓梅突然回家，让家里人都颇感意外，但她就像是个天才演员，在述说预先设计好的“台词”的时候，将另外的一个“她”表演得面面俱到，让人看不出有丝毫破绽。

当然，父母对此并没有多想什么。

他们还有点高兴呢！这样一来，不用再惦记闺女的终身大事了，减少了些许对她的歉疚。毕竟，以闺女的条件，这十里八乡的小伙子谁都配得上，只是她提出的彩礼，可真不是个小数目。

她回家的消息，在这个近乎没有秘密的山村里不胫而走。

果然不久，一些好事的老人便开始面带微笑登上了这个院落的青石台阶，开始为她说媒相亲。

老人们都把这事当成是自己“修好造福”的表现，此外这也是他们“娱乐消遣”的方式，但是他们推介的很多人都被晓梅的彩礼条件挡在了门外。

毕竟，五万块钱对于这个地处穷乡僻壤的山区来说，就是一个天文数字。

最后，县城里一位做工程老板的儿子，成了这个条件的胜利者。

晓梅在介绍人的安排下只相了一回亲，便看出这位“胜利者”是属于那种才无几斗、靠吃老子的“公子哥儿”。

父母都不赞成这门亲事，但晓梅却平静地同意了，他们拗不过自己的闺女，也只好在叹息中点头默许。

秋后一个农闲的日子，成了晓梅的订婚日。

这一天是喜庆的，精心梳洗了一番的晓梅像个被程序化了的机械人一样，在介绍人的“遥控”中，一步一步地运行着。

在别人的欢声笑语中，当一个厚厚的红包送到她手上的时候，恍惚间她看到了自己的灵魂在哭泣，并向空中飘去，越飘越远，直至没有了踪影……

红包里边的五千块钱在一个星期之后，便由李晓明带给了任意。

订过婚后的晓梅变得更沉默了，除了每天在家里做些农活之外，便是闷在自己屋里坐着发呆。

日子就这样一天一天过去。

十七

“你不能这样！不能这样！”

虽然来永德之前，李晓明曾和任意说了晓梅订婚之事，任意心里已经有了点准备，但是这些话亲口从晓梅嘴里说出来，他还是有些承受不住，又止不住激动起来。

饭后有了能量，但这次他却是尽量压抑自己的声音，将其控制在一个低分贝水平。

“晓梅，我怎么说才能让你相信呢？你能原谅我吗？都是我的不对，我错怪你了。我不该对你那样，真的错怪你了……你别不承认你不关心我，吃饭的时候，我感受得到你还是爱我的，是不是？晓梅？”任意忽然站起来，走到晓梅面前，双手颤抖地摁住她的肩膀，有点语无伦次地说道。

晓梅僵直的身体，在他双手的带动下也微微颤动。

两人就这样相持着，如同两座即将喷发的火山。

“你说我该怎么办？我该怎么办？任意。”晓梅突然呜咽起来，低声哭诉，僵直的身体倒在任意的怀里。

晓梅像一个受到极大委屈的孩子终于得到了谅解，要把心中所有的压抑一股脑儿地都倾泻出来，如注的眼泪瞬间便把任意的上衣浸湿了一大片。

坚冰，在感情迸发出来的炽热中融化。过去的一切不快也都在这炽热中化为乌有，风雨过后的彩虹更为绚丽多彩。

“退婚，把那些钱退回去，我们一起回北京。”任意一手搂托着晓梅，一手摸着她的头，坚定地说道。晓梅从他怀里挣脱出来，抬起满是泪痕的脸看着他，一句话也没说。

任意的这句话又把晓梅拉回现实。

是呀，该怎么办呢？退婚？说得容易！

你哪里知道，在农村，一桌酒席上面的订婚仪式所形成的“事实”，不亚于领了结婚证。首先，父母肯定不会支持，他们知道这样不仅会伤了与介绍人的和气，还会落个不明事理的名声。哪有这样做事的呀！刚订婚没几天，又退了，这不是要着人家玩儿呢吗？这不让乡亲们戳脊梁骨吗？以后还怎么和老乡亲们打交道！再者说了，即使父母赞成，可对方会同意吗？对方由于经济条件好，在县城里都是小有头脸的，这么“掉面子”的事，人家肯定不会同意的。还有那彩礼钱……

晓梅的思维陷入了混乱之中，咬着嘴唇发愣。

架不住任意一遍又一遍催问，她只好道出了心里的担忧。

这下把任意也推入了迷茫之中，不知怎么办才好，仿佛身体被抽去了筋骨，软绵绵地散落在沙发上面。

晓梅不愿意看到任意难受的样子，愣了一会儿，下了很大决心似的走到他旁边，幽幽地说道：“要不，让我试试吧。”

这不大的声音，让任意的眼睛闪耀出了光芒。

夜幕降临了。

黑漆漆的山峦背景恰似一块大大的幕布，村庄里这一家那一家，错落有致，星星点点亮起的灯火，如同缀在上面的跳动的星，显出生机与温情；一条白色的雾带在山腰里慢慢飘动，给山峦围上了丝织的纱巾，为雄壮增添了不少阴柔的妩媚；偶尔传来的几声狗吠，映衬出山村特有的宁静。

任意今晚要在这里留宿。

晚饭过后，任意和晓梅一家人找了些共同的话题聊了一会儿，便在晓梅的帮助下洗漱完毕，在隔壁的一间小屋里睡下。

他深切体会到晓梅知道他昨晚坐了一宿夜车，今天又累了一天，想让他早点儿休息的心情。

十月末，大山里的夜晚已经有了凉意，可躺在床上的任意，却感到有点燥热，思绪万千。

人，真是一个有意思的动物。因为有了思想和情感才与其他动物区分开来，成为万物之灵，可又常常为其所困。

还有就是“缘分”，茫茫人海当中，谁知道在什么时候会和谁相互认识，并走到一起！昨天自己还在那个繁华的大都市里忙活着自己的事，今晚却在了一个如此偏僻的小山村过夜。

唉，人啊人！

今天总算见到心爱的人了，可自己这样贸然来到这个家庭，又算是一个什么角色呢？客人？朋友？姑爷……啊？他不禁为自己的想法哑然失笑。晓梅又在干什么呢？她是不是在和父母谈退婚的事？唉，这一切都是因为自己一时冲动而造成的，要是自己能够……可想而知，自己当时给晓梅造成了多大的伤害！想到此，他又充满内疚和忧虑。

他和晓梅的那场“战斗”又清清楚楚地浮现在他的脑海里……

十八

“咣啷”一声，床头柜上的啤酒瓶终于被碰落在地板上，残存于其中的小半瓶黄黄的酒液，顺着地板砖的缝隙悄然流淌。

伴随着这一声响，任意也使劲地睁开了眼，从迷迷糊糊中真正清醒过来。

刚刚过去的这一夜，对于他来说简直是在受罪。

他也不知道自己是否睡着了，恍恍惚惚的，如在梦中，意识却又很清醒。

一段时间他曾想努力睁开眼，摆脱这个难受的状态，可眼皮已不受自己控制，被一种无形的外力牢牢地挤在一起。

想叫喊，却发不出声音。

想伸出手臂抓住点东西，却感到整个身体都被紧紧缚住。

他心中非常恐慌，一种前所未有的绝望感将他压抑得喘不过气来……

啤酒瓶摔碎的声响，挽救了他。

被滚成一堆的毛巾被，大部分都攒在床的中央，只有一个角还搭在任意摆成“大”字的肢体上；一件华伦天奴牌深紫色T恤和一条深灰色长裤，在床的一角相互扭曲纠缠在一起，犹如赛场上两名势均力敌的摔跤手；枕巾也已失去了其真正作用，怯怯地蜷缩在枕头旁；一只本不属于床上的白瓷烟灰缸，里面装满了烟灰和长长短短、被按得变了形的烟屁，受宠若惊似的蹲在枕头的另一侧。

所有一切在竹凉席黄色背景的映衬之下，恰似一幅西洋印象派的图画。

窗帘没能完全拉好，中间留了一个缝隙，早晨的阳光从缝隙中直射进来，在床上投下一小片狭长的白亮。光影的融入又为这幅“床画”增添了一丝朦胧。

睁开眼的任意，又直愣愣地躺了半天才恢复过劲儿来。

他轻微活动了一下四肢，并没有立即起床的意思。

松散的躯体在头部的带动下接连向上挺了几挺，直至上半身斜靠床头。

那个已被脑袋蹂躏了一夜的枕头，此刻又被重压在屁股下面。

他点燃了一支“中南海”牌香烟，刚抽几口就被呛得一阵咳嗽，并引发了干呕。

这好像是平常不抽烟的人的通病。

仔细想来，烟酒这两个玩意儿真有意思，它们身上存有一种摄人心魂的魔力。

几乎每个人都知道它们对身体健康没什么益处，可还有那么多人对其趋之若鹜，尤其是人在心情烦闷的时候，这两者更是成了一种必不可少的调味剂。

他并没有因此而停止，反而又发狠地猛吸了两口，像在与香烟较劲儿。

一缕青烟从嘴里喷出来，在阳光的光柱里轻轻地盘旋，不断地变幻着各种让人意想不到的姿势扩散开来……

奇迹出现了。

一位女孩的身影在烟雾中映现出来：她，披肩长发，身穿一件黑色紧身吊带短裙。在昏暗、摇曳的灯光中，袒露着白晃晃的臂膀，亲昵地与一个男人调笑。

他忽然觉得体内的血液又沸腾起来，一股热气直冲脑门，浑身也被这种沸腾撩拨得要爆炸，似乎片刻都等不了，他要用爆发来将那个身影炸得粉碎。

床上白亮的面积又扩大了不少，且有一部分已悄悄地爬上了任意赤裸的身体，不仅改变了这幅“床画”光与影的构成，也使得屋内热了许多。

外面工地上浇筑水泥的“嗡嗡”声，穿过纱窗直扑进来，在屋内盘旋环绕，让人觉得心烦。

屋内的燥热将任意从床上驱赶下来。

在盥洗池上面的镜子里，他看到了这一夜“自虐”的结果，两只眼睛有点红肿，布满血丝，头发像刚刚被电击过似的，一股酒精与香烟混合发酵后难闻的味道，伴随着牙刷的进入，从涩涩的嘴巴里喷了出来。

梳洗完毕，清爽了许多。

难道还真的让付雨说准了？难道她对自己的感情全部都是虚伪的？难道她在我面前全是在表演，就为了骗取那几千块钱？

不会的，肯定不会的，她应该不是这样的人。

任意发疯地摇晃有点头疼的脑袋，发狠地叫道，可是昨晚那一幕却真真切切地在自己眼前上演。

昨天晚上，任意在给一家酒吧送酒的时候，透过酒吧窄小的后门，他看到的一幕让他突然感到自己一瞬间好像脱离了这个世界，不敢相信自己的眼睛，四周所有的东西都失去了原本的色彩，在灰色中凝固，声音也随之消失，一片出奇的寂静。

他心跳非常强烈，几乎要把整个躯体带动起来；他明显感到胸中憋闷，喘不过气来，似乎刚刚跑完一个百米冲刺；一种被欺骗、被侮辱的感觉，像暴风雨一样将他的内心冲开了一道又一道口子，在里面肆意横流……

他看到了什么？

他清清楚楚地看到他亲爱的晓梅身着一件吊带短裙，露着白白的肩膀，在酒吧里面正和一个三十多岁的男人调笑，很亲昵的样子，两人关系看上去好像不一般。

不是的，不是的！

他想冲过去，可酸软的四肢好像已不再听从大脑的支配。

理智让他又反复地盯着那个女孩好长时间，最后确认无疑，那个女孩就是李晓梅。

若不是雇来的那个小车司机，大脑一片空白的任意可能都想不起来自己来做什么，甚至都记不得回“漂”的路。

付雨出差了。

空荡荡的屋子，正好给受到打击的他留够了“自虐”式发泄的机会。

……

一想到这些，他不由得感到一股透心的冰凉，尽管屋内非常闷热。

一股悲怨的怒气便在心里“腾”地升起，瞬间便充满了肌体的每一个细胞。他感到体内就要爆炸，要尽自己蓄积了一夜的“能量”将那个不义之人“炸”得粉身碎骨……自己仿佛成了一个为“正义”而战的“勇士”，他要与那个“骗子”进行“战斗”。

肚子里虽然很空，却丝毫没有食欲，但这也不影响他即将“战斗”的欲望，“能量”在昨天晚上看到那一幕之后就已经开始蓄积，现在只需要爆发。

他再也忍不住了，猛地一下子抄起电话，狠狠地在电话键盘上拨出那个熟悉的号码。

“嘟……嘟……”

响过两声之后，“喂！”那个曾经让他牵挂、亲切的声音从那头传来，可此时任意听起来却感到心烦，犹如一只在头顶上盘旋着的苍蝇发出的那种“嗡嗡”声。

“你昨晚干什么去了？”

他尽量压抑着自己的情绪，又想故意地挑动一下李晓梅，想看看她是怎么编瞎话来骗他。

“嗨，一会儿我给你打过去，现在公司正开会呢。”

那边的“嗡嗡”声忽然降低了八度，悄声说。

还没等任意的“能量”爆发，电话里便传出了“嘟、嘟”的断音声响。

任意“啪”的一声把电话挂了。

开会！每次打电话找你，也没听说你开会呀！怎么今天就开会呢？骗谁呢？还以为我不知道呀！

他又想起了昨天晚上的那个情景，心中有些隐隐的痛。

任意抽出一支烟，刚想点着，忽然“铃、铃”的手机铃声响起。

李晓梅回过电话来了。

“嗨，有什么事吗？想我了吧？”

又传来了“嗡嗡”声。

“你昨晚上去哪儿了？”

任意蓄积的“能量”，似乎成了一个炸药包，开始蠢蠢欲动，就差一丁点的火星来引燃，但他依然压抑着情绪。

“没……没去哪儿啊，怎么了？”电话那头的李晓梅心里有点虚。

“没什么，你这几天都干什么去了？”任意依然还很“冷静”，似乎对这场“战斗”已稳操胜券。

“真的没……干什么呀，这两天公司的事情多点儿。”李晓梅的语气更虚了，说话的声音都小了下来。

李晓梅语气的变化和谎言，彻底引爆了任意心中那个蠢蠢欲动的“能量炸药包”。

“没干什么，你还骗我！昨天晚上干什么去了！那个男人是谁？他是谁？！”任意突然提高的不止八度的“爆炸”声，就像震断了电话的连线似的，里面的声音突然消失。

没有回应，电话那头的李晓梅显然被打了个措手不及，沉默无言，在无形中又激发了任意“乘胜追击”的信心。

“你说呀！你！”

“……”

静，还是静。

“你说话呀！”

“他……他……谁也不是。任意，你……听我解释，好吗？”

电话连线被“抢修”好了，传过来李晓梅的话，有点语无伦次，隐含着一丝委屈和乞求。

“好了，不要说了，没想到你也是那种人。你这个骗子，你装得真像呀！还想说什么？还想骗我什么？”

一听对手的话语，明显是失去了“战斗力”，是对昨天事实的承认。任意的“战斗力”更强了，过了头的“兴奋”把理智驱逐得踪影全无。

他再也找不到任何压抑自己情感的方式，只能任其毫无控制地倾泻，用蓄积了一夜的“能量”，爆出老家的粗口，将对手“炸”得支离破碎，在对手被“炸”得体无完肤的痛苦中，用“胜利”的快感，找回一点儿“自虐”的补偿。

“任意，你听我说……”电话那头带着哭腔的话语，低得近乎听不见。

“没什么好说的了，你这个骗子！”任意“哐”的一声，撂下电话。

他甚至看到了对方体无完肤、鲜血淋漓的样子。痛快，太痛快了。

……

可痛快过后，又陷入了失去后的绝望和悲凉。

十九

山村的夜，寂静得出奇。

回想这些，深深的自责与悔恨让任意唏嘘不已。

是呀，当时自己仅看到晓梅在酒吧陪人喝酒，也没有认真听她解释，自己一直没有真正走进她的生活和内心，却任性而冲动地用那么多激烈的言辞责骂她，晓梅怎么会受得了呢？

眼里见到的是现实，但很多却不是背后的真实。

晓梅的家里看起来实在有点困难，父母的纯朴、老实，贫瘠的环境，制约了他们的生存和发展空间，很难说这是谁的责任。

晓梅现在睡着了吗？她在干什么呢？她父母今天又会怎么想呢？胡思乱想之中，任意终于经受不住疲倦的侵袭，慢慢地昏然睡去。

恍惚中，他觉得自己正坐在返回北京的列车上面，晓梅亲昵地依偎在他旁边，给他削着水果……

此时，另一间屋子里，却是另外一番情形。

晓梅低着头直板板地坐在沙发一侧，双手交互抠着指甲。

母亲将身子委在沙发的另一侧，头稍稍歪着，一脸愁容，目不转睛地盯着地面，像是等待着那里会有什么奇异的珍宝出现。

父亲拧着眉头坐在象征权威的方桌旁边的椅子上，一只脚后跟蹬在椅子面上，膝盖快顶到下巴了，自然低垂的另一条腿，光脚踩着一只黑色布鞋。鞋的旁边散落了一地烟灰和几支烟屁。

屋里静得有些压抑。

“其实，我和你妈早就看出来了你和这小伙子的关系有点不一般，不像是一般的同……事。他来这儿的目的就是让你跟他回北京去呀？”父亲猛吸了两口快要燃到头的烟，似乎很怕浪费了这根烟，然后将烟屁扔到地上，伸脚踩灭，看了看晓梅阴沉着脸说。

晓梅低着的头点了两下。

“可……你说，你跟他这是怎么回事？既然你在北京谈了这么个男朋友，干吗又突然跑回家来，催着在家里找人订婚呢？你这是干什么？”

父亲看着晓梅有些生气又不解地问。

母亲的眼神，也在迫切等着她的答案。

听到父亲的问话，晓梅又按捺不住委屈的泪水。

是呀！爸妈，我愿意这样吗？我愿意和我喜欢的人发生矛盾和误会吗？可是，我能有什么办法呢？我还不是为了弟弟，我是在用姐姐的身份担着父母的责任，我不这么做，弟弟现在能去北京念大学吗？

面对没有什么文化的父母，晓梅又能说什么呢？只能将这些委屈压在心底。

“可这……退婚的事怎么跟人家介绍人说呀？咱要的这彩礼，顶上别人好几家的，对方二话没说就给了。收了那么多钱，才这么几天就变卦，搁在谁头上谁也不愿意呀！这……这不明摆着拿人家不当事嘛。我当初也不赞成，可你……”

父亲一只手在大腿上来回摸索着，为难地叹着气。

看了一眼晓梅，父亲可能也知道这些埋怨伤了孩子的心，又不言语了。

“要我看哪，编个理由，直接跟介绍人一说，把钱给退回去就得了。县里的那个小子，流里流气的。一点儿也比不上这个任意。”

母亲那意思肯定是向着闺女，但一边说一边不时地瞄着老伴儿的脸色，有点胆怯。

“你说的那些简直就是……”

父亲不耐烦地朝母亲挥了挥手，白了她一眼，又突然把最后两字咽了回去，改口道：“……没道理。那些彩礼钱汇给晓明一部分生活费、学费，晓梅又还了一部分欠款，还剩多少哇，你又不是不知道，咱们哪儿去找钱给人家还上？况且，这么退婚那小子能完得了？人家有钱有势的，哪儿那么简单呀！再说了，这么干，将来乡亲们谁还和你共事？”

受到了指责，母亲不情愿地恢复了沉默。

是呀！假若人家真来闹事，还不把老实巴交了一辈子的父母吓破胆。而且，父母还要忍受着乡亲们的冷眼，被乡亲们戳脊梁骨。

这让很看重名声的父母的老脸，往哪儿搁呢？

屋内极度压抑而沉闷。

墙上老式挂钟“当”的一声报时，显示已经深夜一点了。

外面不知什么时候刮起了风，吹得窗户纸“哗啦、哗啦”地响。

院子里的一个空瓶罐子，不停地翻滚着，“哐啷、哐啷”地也凑起了热闹。

“好了，不早了，爸妈，你们也别发愁了，我想好了……”晓梅突然说了话，她低着头，顿了一下。

父母都直盯着她，像两位老兵在等待着将军的命令。

“我……不退了。你们都睡去吧。”

泪水从晓梅的脸上滑落，她慢慢地从沙发上站起来。

父母看了她一眼，也长出了一口气，无奈地站起来，佝偻着身子走向里屋。

她知道今天发生的一切对于他们来说太突然了，父母的为难也是她意料之中的，她太熟悉农村的风土人情了。

晓梅衣服都没脱便直接躺在了床上。

今天发生的这一切，那么让人不可思议，她那近乎失去了反应功能的神经受到这强烈的刺激，一点儿没有疲惫的感觉。

唉，若自己要是不去干那个工作就好了，她对自己几个月前的做法感到了万分的后悔。但这么卖酒真的能快一些挣点钱，为弟弟攒够充裕的学杂费和生活费。

与任意的热恋，让她深切感觉到任意对感情的认真、执着和专一。他从不放任自己的情感，当然，也绝对不允许他所爱的人与其相反。可以说，她也正是被任意这种对情感、对生活的真挚态度所打动，才终于小心翼翼地向他敞开了心扉。之后，她像一个虔诚的宗教徒一样，信守着这份天赐的情感。她对这份情感十分珍惜，她知道任意也是这样，甚至比起她来有过之而无不及。

可是，面对贫穷和供弟弟上学的经济压力，又能怎么办呢？以她现在的工资状况是根本不可能支付得起的。

还总是向别人去借吗？

现实的残酷，冲淡了任意带给她的情感上的欢乐。

她烦闷、忧郁，甚至都有点儿绝望，可没有人理解她内心的这种痛苦。她一度想对任意诉说，可强烈的爱（或许还有自尊）使她又放弃了这个打算，她不想把自己的痛苦再传递给心爱的人。

怎么办？思虑许久的晓梅想到了酒吧里的啤酒促销员。

干这个，既不耽误白天上班，又可以挣到钱，而且这几个月她在任意的酒吧里帮忙，基本上也知晓这个工作的一些情况。

但是，干这个工作就要面对一些实际情况，在灯红酒绿之间游戏。

一想到任意，晓梅又犹豫了。

如果让他知道，他绝对不同意。若不跟他说，一旦被他知道，肯定会给他的心灵带去伤害。

在矛盾中，思来想去的晓梅想到了自己、想到了弟弟，她最后还是决定瞒着任意去做这个工作。

在忐忑之中，她走进了一家酒吧，忍受着痛苦将真实的自己完全隐藏，只剩下一个躯壳在里面游动。

可没想到刚刚做了几天，她担心的事情还是发生了，而且想不到还如此猛烈……

从北京回来后，晓梅就进入了一个黑暗的世界。

虽然来自父母那些含着歉疚意味的宠爱，弥补了一些她内心的创伤，但是每到夜深人静一个人躺在床上的时候，她却怎么也压抑不住对往事的回忆，对任意的思念。她时常在回忆中睡去，又在夜里某个时刻忽然醒来，枕边总会出现一片洇湿。

或许真的有命运存在，在你与母体分离的一瞬间，它就已安排好了你的一生。虽然你不想顺从，你试图改变，但是无论你为此付出多少艰辛、做出多少牺牲，最终也无济于事。除了无条件地服从命运的安排之外，还给自己平添了无穷无尽的烦恼和痛苦。

命运就是不公平的，一个人出生的家庭不同，生活的环境不同，也注定了她命运的不同。不然的话，你看：为什么有人生活在农村，面朝黄土背朝天地劳累一辈子，他们却一直贫穷；而有的人一出生就在城市里享受着高人一等的待遇和富有？为什么有的人想学习却得不到学习的机会，而有的人却在课堂上无所事事地挥霍着自己的青春？

同样都是人，差别为何如此之大？如此的不公平？这就是命运。

自己不也是吗？想通过努力来改变，但还不是转了一个大圈之后，又回到了原来的生活，徒添了更多的伤心和痛苦。

相信了命运的晓梅，决定不再与其抗争，在平静中接受了现实。

订婚那一天，晓梅的心就跟着死去了，埋进了她亲手为自己挖掘的坟墓。

可是，没想到今天任意像个天外来客似的，突然出现在自己面前。

早上从背后传来的那声久违的熟悉又亲切的呼唤，晓梅还觉得是自己思虑过多而出现的幻觉。

天啊！真的是他，他怎么会在这儿出现？

当被任意实实在在地搂住肩膀的时候，她才感受到是真实的，不禁在心里惊呼。

她又怕是昨晚的梦还在继续，可紧紧抓住自己肩头的双手，她明显地感到了激动和肩膀的疼痛。

今天发生的这一切，像是观音菩萨水净瓶里的转世圣水，滴落在晓梅已经死去的心里，让她重新得到了复活的力量。

她确信任意是真诚的，也确信是爱她的，这一点从任意爱怜的眼神中充分感受得到。

任意瘦多了，可以想象这段时间他肯定也是在伤心与痛苦中度过的。

而自己呢？当然还是爱着他的，不然为什么吃饭的时候，全然不顾父母惊讶的眼神，身不由己地就向他碗里夹菜，而且还埋进了他的怀抱。在他的怀里才感觉到这段时间以来，自己的委屈、疲惫、压抑撑到了极限后，突然得到了放松和释放，如果不是还有点儿理智的话，肯定就会放纵自己在他怀抱中酣然睡去。

晓梅现在甚至都想悄悄地走到任意睡觉的那间屋子，静静地坐在床边看着他睡觉的样子。

可是，任意，你还是走吧，自己回北京吧！

晓梅的嘴唇被牙咬出了深深的印痕。

屋外的风依然刮着，可以听到它掠过树枝的时候发出“嗖、嗖”的嚎叫，在这漆黑的深夜里，让人感觉到不寒而栗。

在天空渐渐发白的时候，风悄悄地停了。

山村里的清晨，空气清爽利落，只需轻轻一吸便可沁入心脾，直至身体的每个角落。不像都市里那样，无论什么时候，总让人感到黏稠发涩。

这里的空气也是透明的，它从不有意遮挡你的视线，显示出自然无邪的纯朴与坦荡。而都市里呢？总是灰蒙蒙、雾浊浊的一片，让人无法一下子看清这背后的真实，只好调动全身心的力量，绞尽脑汁地去猜想，这似乎也进化了都市里人们的智慧。

“起来了？”院子里传来晓梅父亲的问话声。

“哦！叔叔，您早。”

“怎么样？昨晚睡得还习惯吧？咱这山村里可不比城市，一早一晚的气温相差很大。你看，昨晚上刮那么大的风，这一大早又停了。”

“睡得挺好的，我帮您扫吧。”

“不用，不用，你歇着吧。”

……

院子里的交谈声，吵醒了正围着被子靠在床头、歪着脑袋熟睡的晓梅，她激灵地一下子睁开了眼。

呦，天都大亮了。

院子里，父亲一边扫地，一边收拾昨晚被风刮乱了的东西，任意在一旁帮忙。

任意见到晓梅，他心里不由诧异：晓梅怎么了？两眼发红，脸色苍白，嘴唇肿胀。

当着父亲的面儿，晓梅受不了任意炙热目光的烘烤，阴郁着脸、低着头和他说了声“早”，便给他准备洗漱水去了。

任意现在还不知道，他的到来给这个家庭带来多少烦恼和忧愁。

早饭非常简单，米粥、馒头、咸菜，估计是因为任意的到来，还有一盘炒鸡蛋。

通过昨晚，一切都已经挑明了，围在饭桌边上的四个人：

晓梅对爱情和未来的痛苦和绝望，任意对晓梅的悔恨和怜爱，父亲对女儿命运的内疚和自责，母亲对女儿的心疼和无奈，使这顿早饭吃得有些压抑、沉闷、尴尬、拘谨。

早饭过后，晓梅的父母去了庄稼地里收拾秋后的那点庄稼秸秆和干草，家里的时间和空间又都留给了晓梅和任意。

两个人静默了好一阵儿后，晓梅才鼓起勇气，向任意挑明了她昨晚和父母商量的结果：不和任意回北京，不能退婚。

任意听完，一时也不知道说什么，只是愣愣地盯着晓梅，心里一下子空落落的，浑身感觉有点冷，甚至肌肉震颤的自我调节让他接连打了两个寒战……

晓梅不敢看任意，眼睛盯着地面，泪水不自主地流淌、滴落。

屋里陷入死一般的寂静。

“丁零零，丁零零，丁零零”，突然响起的手机铃声，搅动了屋内“难堪”的空气。

响了几声后，任意才反应过来是自己的手机。

电话是付雨打过来的。付雨说，让他赶快回去，说是那边好多客户都等着要送货，好几家都是今天必须得给送过去的，而且还都要得不少，是挺大的单子。

刚放下付雨的电话，容儿又给他打过来了说：酒吧刚一开门，城管的就上门了，门口立的广告灯箱，昨晚下班后没有收进屋里，阻挡了人行道，不仅要罚款还要把灯箱拉走，那个灯箱是他们刚花了几千块钱做的。另外，酒吧里的酒也缺货了，还得进货去……

晓梅见状，抹了眼泪，理智地劝任意回北京去，处理生意上的事情。

在晓梅的坚持下，内心空空的任意只好依依不舍地离开了晓梅，返回了北京。

二十

回到北京的任意，焦头烂额地忙了一天，处理好客户和酒吧的事情，才人困马乏地停顿下来。

客户、酒吧、晓梅时不时地在他脑子里来回地转动，客户和酒吧生意上的事情，他已轻车熟路，处理得得心应手。而晓梅的事情，让他心烦意乱，无时无刻不在想着晓梅在做什么，他怎么样才能挽回晓梅。

忙完后的闲工夫，任意就把自己关在那个单独的小办公室里，一个人坐着发呆。

这天，正当他自己又呆呆地想着晓梅的时候，有个瘦高个儿，留着披肩长发，上身穿着戴帽的休闲卫衣，下着牛仔裤颇为帅气的小伙子，右手拎着一把吉他，推门晃了进来。

“哎哟！今天在，前两天干吗去了？怎么见不着人了呀？”小伙子刚一进门，便冲着任意高声叫嚷道。

任意惊了下，抬头一看是有段时间没见面的郑杰，便随口回应道："没去哪儿啊！怎么也有一阵看不见你了？"

郑杰没有答话，一手推着半开的门，扭头冲着容儿说道："容儿，先给我来杯水，在那边唱了一会儿，嘴还真有点干呢。"

说完，郑杰把吉他往桌旁边靠好，坐到任意对面，朝他仰了一下下巴，问道："哎，怎么了？这么没精打采的。"

"没什么，这两天累得呗。"任意双臂向后一扩，伸了个懒腰答道。

"不是吧！听说，前两天你去永德了是吗？"郑杰问道。

经不住郑杰的催问，任意便把去找晓梅的事说了。

其实，他也正想找个人倾诉一下，以求获得一丝帮助，哪怕就是一句安慰的话，也能让烦躁的内心平静一些。

虽说付雨和他是多年无所不谈的发小，但是付雨对感情不认真的态度，在他们俩之间架设了一道屏障，阻断了两人在这方面的交流。

彼此观点不同，也常说不到一块儿。

就拿这次去山东找晓梅来说，付雨对任意为此而耽误生意赚钱的做法有些不解，认为不值得。

郑杰对感情方面的认真与执着，正好与任意的观点相同，平时在这方面两人的交流就很多。

"那……你觉得怎么办呢？"郑杰听完任意的诉说，用手向后拢了一下长发问。

"等把这里安顿好后，我过几天还要去永德，找她。"任意一脸凝重。

“这就对了，碰见一个自己喜欢的人不容易呀！‘爱就爱它个轰轰烈烈’，别错过，这样也不后悔。”郑杰颇有点“艺术家”的感慨。

“不愧是搞音乐的，连说话都是歌词。”任意受到了鼓励，戏谑地笑了一下。

“本来就是。”郑杰正色道，“你还别不当回事儿，到时晚了连后悔你都来不及。”

郑杰又说了好多支持他的话，还给他出了个能让对方主动退婚的主意：假说晓梅在医院里查出来得了什么病，对方肯定不愿意娶一个有“病”的媳妇！这样一来，他们肯定就主动提出退婚，一点儿也不伤面子。

虽说郑杰出于真心，挖空心思地想出了这么个“好”办法，可任意听后心里感到非常不舒服。

即使是虚假的，他也不愿意这样“伤害”心里放不下的人。

二十一

虽然任意从永德见完晓梅回到北京，仅仅过了一周，但他却觉得每一天都过得好长。

心里挂念着晓梅，让他感觉每一天都在受煎熬，尤其是晚上闲下来的时候，这种思念更为强烈。有几次他好像在房间里朦朦胧胧地听到了晓梅说话的声音，似梦似真实，甚至不自觉地从床上爬起来寻索这个声音。当然，寻索的结果是让他再次回到床上，靠在床背上点着一根烟，在黑暗中抽着烟发呆。

见酒吧和客户的生意都已平稳，任意便决定再次返回永德。

他想这次一定要说服晓梅退婚，这次得多待上一些日子，一定要把晓梅家里的事情处理好，一定要把晓梅接回北京来，他做好了在晓梅家里打“持久战”的准备。但酒吧和那些酒的客户的生意也不能耽误啊！他只好也只能将这些工作让付雨帮忙打理一下。

酒吧里的内部管理和流程他都详细地向付雨交代了，几个大的买酒的客户也都领着付雨一一对接好，把公司的公章、财务章等也都托付给付雨，需要盖章时付雨直接盖就好了，省得让他再回来。

一切工作都让付雨熟悉后，任意即在第一时间买了去永德的火车票。

这次去，他可没忘礼节性地给晓梅的父母买了一些果脯、烤鸭、二锅头酒等一些北京特产。这些特产满满当当地装了几大袋子。

虽不是春运期间，车厢里人也很多，过道里、车厢连接处、车门空档处全都站满了人。

任意一挪一蹭地好不容易才找到自己的座位，但座位上已经坐了一个人。一个三十岁左右民工样子的年轻人，歪着头微闭着眼睛，自然微卷的头发，乱糟糟的，犹如鸡窝，一件脏乎乎的灰色夹克盖在身上。

任意拿着自己的车票反复确认无误，又把几袋子行李放好后，才用手推了一下“鸡窝头”，想让他给自己腾座位。

谁知还没等任意说话。

“哎呀，咝……”“鸡窝头”猛地睁开眼，发出了一声叫喊，并倒吸了一口气，被任意碰到的那只胳膊好像被针扎了一下似的，抽缩了一下，身体也不自主地往座位里面靠了。

“鸡窝头”一边“咝、咝”地倒吸气呻吟，一边扫了几眼任意，那表情似乎在说：哥们儿，慢着点儿。

任意一愣，心想：估计今天碰到难缠的人了，他刚才的一推根本没怎么用力，这家伙不至于疼得这么邪乎吧。

经营酒吧多年的任意，最怕碰到这种无赖难缠的人，没想到今天又碰到了。任意心里暗暗叫苦，只好赔着笑脸说了几声对不起，但又不失礼貌地告诉“鸡窝头”，这个座位是他的。

“鸡窝头”倒也没说什么，立刻站起来给任意让座，盖在身上的夹克，一下子滑落下来。

眼前的一幕立刻让任意对自己刚才的认知有些愧疚。

夹克滑落后，“鸡窝头”一只手托着一只包满了纱布、弯曲着的胳膊露了出来，从浸出纱布大片发黑但已经干了的血渍来看，这只胳膊的伤应该很重。很显然，任意刚才的那一推，推到了这只受伤的胳膊。

“鸡窝头”托着受伤的胳膊，挪动着身体站稳后，想弯腰捡起掉在地上的夹克。

“抱歉，我来帮你。”任意并没有立即坐下，他扶着“鸡窝头”歉疚又小心翼翼地说道，顺便弯腰捡起了夹克。

“噢，谢谢，谢谢。”“鸡窝头”朝任意点点头感激地说道。

“刚才碰疼了吧？”任意见“鸡窝头”不动了，才慢慢地坐下来扭身问。

“没事，没事，不疼。”“鸡窝头”也尴尬地笑了下答道。

“您到哪儿下呀？”任意主动与“鸡窝头”搭话，想表示刚才无意当中碰撞到他的歉意。

“永德。”“鸡窝头”说道。

“哎！真巧，我也到永德。”任意脱口道。

“鸡窝头”一听，眼里流露出一丝兴奋：“你是永德的？听口音不像呀！”他有点怀疑地问道。

“我不是永德人，是到永德的怀丰镇办事。”

任意的这句话又让“鸡窝头”的眼睛里多了些光亮。

“我们家就是怀丰镇的。”他无不惊奇地说。

“鸡窝头”显然对在车上这么偶然地能碰到一位去他家乡的人感到有趣。

有了共同语言，两人便聊了起来。

原来，“鸡窝头”是位民工，年初的时候跟随当地的一位包工头来到北京。

前些日子在脚手架上工作的时候，一根钢管重重地砸在他的胳膊上，右臂当场被划开了一个大口子，还造成了粉碎性的骨折。

“幸亏用手挡了一下，不然就正好砸在我脑袋上，小命肯定就没了，那么粗的一根管子。”“鸡窝头”用拇指与食指张开比画了一下，撇着嘴道。

“真是不幸中的万幸。”任意感叹道。

“可不是嘛！”“鸡窝头”频频点头。

“这是回家养着去呀？”任意随口问道。

他的话肯定是勾起了“鸡窝头”的心酸事。

“唉，不回家怎么着哇！没人管你，又干不了活了，在北京吃住还得花钱。”“鸡窝头”一脸愁容。

据“鸡窝头”讲，出事以后几位一块来的老乡，赶忙把他送到医院。医生说这需要手术内固定，住院费得好几千块钱，可工地上那位负责人出了六百块钱后，连影儿都找不着了。

自己又没钱治，没有办法，他只好出院。

“这不都快三个星期了，伤口的药都没换过一次。”“鸡窝头”看着自己的手臂黯然神伤。

“怎么也得先看病呀，自己先出点儿钱哪！”任意同情地看着“鸡窝头”。

“唉，说得轻巧。我也想自己出钱，可我也得有哇！你没听人家说呀，干这一行的就是‘两眼一睁，干到熄灯。抛妻离子，到处挨蒙。工程完工，老板失踪。累死累活，两手空空’。从年初到现在已经干了快十个月了，除了第一个月发了六百块钱以外，至今一分钱都没给。我去找他们，人家还挺有理呢！也不说不给，就是没钱。你说这么大工程，每天掉个渣儿都是好几万块呀，我这几千块钱工资都没有吗？我每天都找。这不，现在人家连理都不理你，跟没什么事似的。你说我哪儿还有钱看病呀！家里本来就不富裕，媳妇儿在家种地，孩子上学，一家人全指着我挣这点钱哪！现在不仅钱没拿着，还出了事儿。唉，真是没辙了，只好先回去再说了。”

说着说着，连气带伤心得都要掉泪了，让人看了也难以平静。

任意一时间也不知怎么安慰他才好，便默默地坐着不言语了。

面前的这位“鸡窝头”，简直就是千百万民工的缩影。

聊熟了以后，任意见“鸡窝头”一直托着受伤的手站着，身体随着车厢的晃动而站立不稳，那只没有受伤的手一会儿抓住车座靠背，一会儿又托着受伤那只胳膊。这让他觉得很不好意思，就站起身来给“鸡窝头”让座。“鸡窝头”这样站着一路看来也是累了，简单地推辞了一下，也就坐了下来。

到了晚上该吃饭的时候，“鸡窝头”只拿出一碗方便面准备去接点开水。车厢里人挨人，挤得很，任意便帮着去接了开水泡了面，又把自己带在路上吃的一些火腿肠、面包、烧鸡等东西，全都拿了出来，一股脑儿地放在小桌子上，让“鸡窝头”一起吃。

看到任意确实是真心实意的，“鸡窝头”便一点儿也不客气地大口吃起来。

任意一路上像是对待自己的老朋友一样，给予了“鸡窝头”无微不至的照顾，甚至两人从永德到怀丰的公共汽车票都是任意出钱买的。

“兄弟，咱哥俩也真是有缘分。这一路上真是多亏你照顾了。我们家就在镇的最西头，怎么也得到家里喝杯水，给老哥这个面子。”到了怀丰后，刚一下车，“鸡窝头”便拉着任意的手不放，执意要让他到家里去坐坐。

“没什么，没什么。这不咱俩也是同路嘛，我真的还有事要办！”任意赶紧推托。再有半个钟头就要看到自己朝思暮想的人了，他怎么有心思耽搁时间呢。

可“鸡窝头”怎么也不听任意的解释，拉着他不放手。任意只好又再三解释，情急之中编造了好几个急迫的理由。

“兄弟，看样子你真是有急事，老哥也不留你了。可这都到咱家门口了，不到家里喝杯水，俺心里真有点儿过意不去。”“鸡窝头”无奈地说道。

“下次下次，有机会一定去家里坐坐。”任意笑道。

见任意坚持己见，“鸡窝头”便主动为任意拦了辆三轮车，又倚仗着“主人”之利把车费压到了十块钱，他好像非要为任意做点什么才能表达对任意的感激之情。

任意坐着车走出了好远，在飞扬起来的尘土中，还看到“鸡窝头”在向他挥手。

这就是人在困难的时候，受到一丁点儿关怀后的感动，这一丁点儿关怀都可能会让他永生难忘。

任意这才想起来在称兄道弟的称呼中，两个人都忘记了告诉对方自己的真实姓名，可能“鸡窝头”也正在为此而后悔吧。

二十二

任意这次到来，为晓梅和她的父母带来了退婚的决心。

晓梅的父母也暗自反省：是呀，都老糊涂了。什么面子、名声、乡亲们的看法，有什么比自己闺女的终身大事更重要的呢？况且她为这个家付出了多大的努力和牺牲。任意这个小伙子也确实不错，不仅能干，还对晓梅这么好。必须退婚。

退婚，说起来容易但实际操作起来也确实有点困难，怎么也得找个理由和介绍人挑明。要照顾介绍人的面子，也要照顾人家男方的面子。

眉头连皱两天，才由父亲想出一个说晓梅身体不好，查出来有点病，要去北京治病的“办法”。这倒与郑杰的想法不谋而合。

这个办法，一开始却遭到了晓梅母亲的反对。

她说：这怎么行呢？这不是平白无故地“咒”我闺女嘛！

可是，头发都想落了一片，她再也想不出比这更好的办法，最终只好听从了老伴的意思。

老两口与任意和晓梅说出这个“最好”的办法后，任意心里虽有些不满意，但也只好作罢。

晓梅对此当然无所谓了，见到父母不仅同意了，而且还非常高兴，她心里除了一丝担忧之外，余下的全都是兴奋。只要能干净利落地把婚退了，其他都是次要的，何况只是个“假说”。

老两口当即便向介绍人家里走去——介绍人与他们同村，是男方的一个远房亲戚。

任意和晓梅则在家里一边享受着二人时光，一边忐忑不安地等待着父母的消息。

中午时分，父母回家，一脸暗喜。

果真如他们所料，晓梅“得病”的情况跟介绍人一说，介绍人一点儿也没有怀疑老两口的话是假的，谁愿意没事找事地“咒”自己的孩子有病呢！

惊讶之余当即就表了态，退婚的事就由她做主了，只不过彩礼钱要当面还给男方。

不仅如此，她还庆幸晓梅的父母主动跟她说了，要不然蒙在鼓里给亲戚介绍了一个“病秧子”对象，以后肯定落埋怨。

进展如此顺利，任意和晓梅也都很高兴，但他们并没有注意到父母表情的变化。

高兴之余，老两口又为退还的彩礼钱发愁呢！

这彩礼钱上哪儿去操持呢?

他们并不知道任意早为这事准备好了几万块钱。

下午，兴奋的晓梅决定带着任意去爬山，让他领略一下家乡的景色。

山里的一切对在平原长大的任意来说都是新奇的，几座山峦的顶峰都留下了正在兴头上的两人并排走过的足迹。

他们聊起了过去，聊起了未来。

两人商定，这次回京后就一块经营“漂”酒吧，让这个小酒吧成为他们爱的见证。

被爱的幸福包围的两人，怎么也不会想到，此时“漂”酒吧已经出了事，一个月后，它就换了主人……

欢乐得过了头，忧伤也就来了。

第三天早晨发生的事情，又把他们推入了不安之中。

这天，刚吃过早饭，任意和晓梅准备要到怀丰镇上的银行取钱，以凑足退还的彩礼钱。

两人刚要出门，院子里突然来了不速之客，几位凶巴巴的小伙子。

为首的一位属于横向发展型的，个子不高，身材挺胖。

油光光、直愣愣的板寸，一双眯缝眼像是在圆圆的脸上用凿子雕出来的两条缝儿，眼不大却露出一股狂傲不屑的眼神。

其穿着打扮在这个地方，显得很是“豪华光鲜”；一身灰色西装笔挺而板正，袖口的商标还没撕去；扎着闪黄领带衬衫的领口紧紧箍着短脖子，看着都替他憋得慌；还没出褶的皮鞋，泛着黑幽幽的光。

这就是与晓梅订婚的那个小伙子。

一伙人看到走出门来的晓梅和任意，便站住了。

晓梅看到他们的神情，心里不禁“咯噔”了一下。

她心神不定地走到小伙子面前，问：“你……你怎么来了？有……事吗？”

“你不是有病了吗？怎么还这么精神呀？”小伙子看了一眼他的“未婚妻”，关心地问，神态隐含着一丝戏谑。

“我……”晓梅一时不知说什么好。

“这是谁呀？”小伙子冲着任意扬了下头，嘴里开始骂骂咧咧的。

“哦，来看我的同事。”晓梅瞄了他一眼，心里掠过一丝不安。

任意也看出来这人有些不对头，便走过来主动朝着小伙子伸出手，微笑着说：“你好。”

“你是干什么的？上这儿干吗来了？”小伙子见任意伸过来手，却傲慢地把双手插在裤兜里，扬着头问道。

“我……是她北京的同事。听说她病了，特意过来看看她。”任意撒了个谎，看了眼晓梅。

“同事？去你的，骗傻子呢你！”小伙子斜眼看任意，眼神里透出醋劲儿，“来招摆人来了吧。”

小伙子的话越来越带“刺儿”，晓梅赶忙把任意挡到自己身后，说：“他就是来看我的同事。婶子（介绍人）不是跟你把事情都说了吗？钱今天就还给你。”

“哟！谁说我同意退婚了。我也是听说你病了，特来看看你。”小伙子听完故作惊讶地戏谑道。

“不是那天婶子都同意了吗？怎么？”晓梅向后退了一步。

“她是同意了，可我没同意呀！”小伙子脸向前贴了一下，直盯着晓梅。

“那么多废话干吗！揍这小子，让他来这儿犯贱。”小伙子身后的一个人嚷道。

“你……们干吗呀？干吗呀？”晓梅赶紧边向后退，边用手护着，把任意挡在身后。

“这孙子跟你什么关系？这么护着他。”小伙子又向前逼了两步，散发出醋的酸味。

其身后的几个人也跟着往前凑，一个人还顺手抄起了根木棍。

院子里的空气紧张起来。

很明显，这几个人是冲着任意来的。

晓梅的父母此时也从屋子里跑了出来，看到这架势，赶忙和小伙子说好话。

如卵击石，老两口“轻轻”地就被另外几个人扒拉到一边去了。

此时，院子周围已聚满了很多看热闹的老乡，一边小声叨咕着，一边看着院里的进展。几位和晓梅家关系好的族亲，此时也赶紧围上来挡在晓梅前面，帮着晓梅和小伙子说好话，尽量别让他们打起来。

晓梅护着任意退到了屋门口，两个人没法再退了。

院子里吵吵闹闹的，一片嘈杂，气氛紧张。那几个小伙子，气势很凶，高声叫骂着，几位族亲说着好话安抚着他们。

“哎，兄弟，你在这儿干什么呢？”就在这时，人群中突然发出了一声。

话音刚落，一个纱布缠满胳膊的人从人群后面挤到院子中央。

声音很熟悉。

咦！这不是在车上碰见的“鸡窝头”吗？他怎么也到这儿来了。

“哎，老哥。”任意隔着晓梅跟他打了个招呼。

小伙子扭过身，看到“鸡窝头”，疑惑爬上他圆圆的脸。

“表哥，你……”小伙子冲着“鸡窝头”道，“怎么……你认识这小子？”

“嘿！我还没看出来是谁呢！我到这村的老姑家拿点东西。你们……你们这是干什么哪？”看到小伙子，“鸡窝头”也一脸疑惑。

原来“鸡窝头”是小伙子的表哥。

紧张的气氛，因为“鸡窝头”的出现缓和了许多。

清楚了事情原委之后，“鸡窝头”当然也不希望帮助过自己的恩人受到攻击，便主动充当了调解人的角色。

在“鸡窝头”的来回劝说下，小伙子终于同意了退婚，但为了不在老乡亲们面前掉面子，他提出了一个条件，必须多退两万块钱，否则这事儿不算完。

看着为难的晓梅和蹲在角落里不说话的老两口，任意痛快地点头同意。

只不过他要求得十天之后再给，还要回北京取钱。

小伙子也大度地答应了。在他看来多要的两万块钱再加上原本的五万块钱，一共七万块钱，这可不是个小数目，晓梅他们家是根本无力退还的。这样他不仅充分体验到了金钱带来的快感，也在外人面前挣足了面子。

钱多面子大。

事情就这样解决了，家里也平静下来。

晓梅和父母默默地坐着，一句话也不说，只有任意颇显“轻松”地劝着他们。

对于他来说今天是幸运的，如果不是“鸡窝头”的出现，他还真得挨上一顿打。

多出两万块钱，就多出两万块钱吧！虽然数目不小，也还能拿得出来。钱多点儿没什么大不了的，重要的是晓梅又回到了自己身边。

在晓梅他们一家人还处于不安中的时候，村里那位，却正在为此而感到“解气”呢！

那天晓梅带着任意出去爬山，就为今天的事埋下了伏笔。过头的兴奋让他们忘记了，晓梅有“病”的“事实”。

对于外界来说，这个山村是封闭的。

可对于这个小山村的家家户户来说，几乎又是完全开放的。

基本上没有什么文娱生活的村民们，对周围任何一点新鲜事物都极其敏感，谁家发生的一丁点儿新鲜事几乎会在瞬间传遍整个村落。

晓梅与任意再次一起出现在村子里，很快引发了人们议论纷纷。更是引起了那位介绍人的注意。

这个丫头不是病了吗？怎么还这么有说有笑、精神抖擞的，这位帅气的小伙子又是谁呢？她北京的同事？看样子不像，这位过来人很快就感觉出他俩的关系有些“不正常”。

介绍人愤愤地想：好啊！这小丫头看着挺正经的，暗地里还勾搭着一个，怪不得要和人家退婚呢。她感到自己受到了欺骗，而且还是本村人的欺骗。

按捺不住心中的怒气，介绍人便把自己“侦查”到的实情通知了那位小伙子，还添油加醋地说了一通自认为能刺激小伙子情绪的话。

在当地骄横惯了的小伙子怎么受得了这种“窝脖儿气”呢，于是，便带着人算账来了。

今天，介绍人虽没有到晓梅家里去看热闹，但心里也痒痒得很，一直都在打听着这件事的进展。

当听说小伙子同意退婚并开出了再加两万块钱的价码之后，她心里禁不住暗道：活该！看你们怎么还！

此时，晓梅家里，在任意的劝慰下，晓梅的父母总算恢复了一点儿笑容。

别看这笑容有些勉强，但却是发自老两口内心的。

今天这件事虽不舒心，让全村人看了笑话，但也确实证明了任意是真心喜欢自己的闺女，他们也不禁为晓梅找到了这样一位真心疼她爱她的人而感到宽慰。

为了尽早退还彩礼，任意本想第二天一早就返回北京。可晓梅的父母看到他来回这么跑，怕他身体吃不消，坚持让他在家里多休息两天，晓梅心中当然也是此意。

任意又多待了两天，才离开了这个让他牵肠挂肚的小山村。

事情终于妥善解决了，任意的心情也颇为轻松。

回京的火车上，静静地坐在靠窗座位的任意，一路欣赏着外边的景象，就连火车发出的那些曾让他烦躁不已的“咔嗒嗒、咔嗒嗒”的声音，此时听起来也犹如一曲节奏明快的音乐。

二十三

早上七点半左右，任意到家的时候，付雨还没有上班。

“你……你怎么这么快就回来了？”看到风尘仆仆、一脸疲惫的任意，正从厕所里出来、穿着个大裤衩子的付雨一愣，表情有些异样。

“唉！别提了，又碰到麻烦事了。”任意并没有注意到付雨的异样表情，一边换着拖鞋，一边说道。

“碰上……什么麻烦事了？”付雨忽然停顿了一下，脸色一沉，头也没抬。

任意原原本本地把事情经过说了一遍。

“哦，就这事呀！我还以为什么大事呢。”付雨听完，脸色和表情都渐渐地正常了一些。

“这还不算大事呀？都快急死我了。”任意朝他嚷嚷道。

随后，任意直奔里屋的盥洗池。

洗漱完毕出来，任意看到付雨正侧脸对着他，依然穿着大裤衩子，坐在客厅的餐桌旁，盯着空盘子发愣。

“哎，发什么神经呢？怎么还不换衣服啊？看看都几点了。”他走过去用脚踢了付雨一下。

“哦，没……没什么。”付雨像是猛地醒过来似的，不自然地瞟了一眼任意，躲避着他直视的目光，站起来径直去了里屋。

付雨魂不守舍的样子让任意感到有些纳闷。

平时若是任意提起晓梅的话题，付雨肯定会滔滔不绝地发阵子感慨，劝告他要“思想跟上时代——赶潮流，眼睛雪亮一点——别被骗，心里务实一点——多赚钱”，可今天这小子怎么没什么话呀？是不是这几天晚上照顾酒吧的事儿忙得太晚，白天还要上班给累的？唉，也是，谁这样连续干上十来天也吃不消，真难为他了。

想到这些，任意对这位发小的帮忙真是打心眼里感动。

“酒吧的事儿挺多的吧？这几天也真够你忙活的了。”任意等付雨换完衣服出来后，朝他歉疚地说。

“酒吧的事还行，我……我正想跟你说呢。”付雨低着头从里屋出来，一边整理衣服，一边说道，“公司要派我到外地长驻，可能……这一半天就得走。”

任意心想：原来是这样，怪不得他连个笑脸儿都没有，可能在为我这摊子事着急呢！要说还得是老朋友啊！

他走到付雨面前，很是感动，说道：“是这事呀，我还以为你怎么了呢！既然是公司安排的，那你就去呗。我这儿你就别担心了，我凑好钱，过两天再去趟山东，把事情解决完就得了。”

付雨没言语，点了点头，扭头背上包上班去了。

一直惦记着晓梅和酒吧生意的任意，心里跟长了草似的，虽然坐了一宿的火车，但一点儿也不困。等付雨走后，他简单地换了身衣服，便去了酒吧。一个多星期没在，得好好地把酒吧和客户的生意都盘点盘点。晓梅退婚的事情，虽然得多花几万块钱，但终究还是得以完美解决。他得尽早赶回山东把晓梅接回来，两个人好一块儿打理酒吧的生意。这样，不仅可以天天和晓梅守在一块，而且还多了个贴心的帮手。

想到这些，任意心里便陡然升起难以抑制的兴奋，仿佛看到了和晓梅一起忙活的情景。

可再去永德的话，酒吧怎么办呢？付雨又要出差，让容儿一个人管着又有点儿不放心。

如果暂时停业，一是会影响生意；二是自己也拿不准几天能从永德回来。若是顺利的话两三天，可万一那小伙子再整出点什么幺蛾子，不能顺利退婚呢？又说不定要拖多少天呢！

任意想到了郑杰，他本不愿意麻烦郑杰，可又没有办法。

晚上也正是郑杰在酒吧唱歌的工作时间。

正准备给郑杰打个电话，没想到郑杰来了。任意当即把自己的意思一说。

“行，没问题。”郑杰二话没说便痛快地答应了。

什么是朋友？在困难的时候能够相互帮助，这就是朋友。

任意心里禁不住发出了这样的感慨。

“那也让沈扬来呗！”任意开玩笑地说道。

郑杰看了他一眼，撇着嘴说：“她现在升经理了。这不，到外地出差去了，都走了好几天了。”语调中隐含着一种自豪。

一切安排妥当，任意又忙到很晚才回到家里。

他轻轻地打开房门，突然一下子愣住了：屋里的灯全开着，但付雨没在家，他那间卧室的门开着，屋子里有点凌乱。

这是怎么回事？任意颇感意外。以为有小偷进屋了，他扫了一眼客厅，又进到自己的那间屋子里，倒也没什么变化。付雨住的这屋里有点乱，但也不像被人乱翻过的样子。显然，不是有小偷进屋了。

疑惑不解的任意，忽然看到茶几上有一张纸条，拿起来一看，上面写了一行小字：任意，我出差去了，要很长时间才能回来。走得很匆忙，没来得及跟你说。

“哦，吓了我一跳。这小子，打个电话说一声不得了吗？还至于这样。”任意不禁自言自语道。

他没有想到，付雨其实不是出差，而是因为不敢面对他；他更没有想到，两人再次见面，竟是在朝阳区的看守所里……

二十四

把酒吧和客户的生意都向郑杰交代好后，任意准备好七万块钱，带着银行卡，第一时间坐火车到了永德。火车上的一宿，他一直都在畅想着把晓梅接回北京后，两个人如何一起经营好这个酒吧；然后再如何把酒水销售的生意扩大，在哪个位置买一套房子；还得抽时间带晓梅回趟老家，去见见父母，他甚至能想象到父母见到晓梅，见到未来儿媳妇那高兴的劲头……

清晨，天刚蒙蒙亮，永德车站不大的广场上零星地还亮着几盏路灯，被黑暗和初冬的寒冷挤压得看起来都有点儿憋屈，可显然它们已经尽了最大的努力。

刚才还挤在一起的人流，出站后就在广场上稀稀拉拉地分散开来，朝着各自的目的地奔去，一会儿便被夜色涂抹得影影绰绰。

出了站的任意，向广场四周环视了一圈，看到西侧不远处的楼顶上亮着的“工商银行”的霓虹灯后，放下心来。因为要取七万块钱现金的话，得在银行的柜台处办理，他想在永德这里把钱取出来后，再带着钱去晓梅家。

在街边的一个早点摊，吃完早点任意向老板借了个凳子，无聊地坐在那里等着银行上班开门。

天已大亮，街上的人和车辆开始渐渐多了起来，嘈杂一片，但也显示了人和城市的活力。

任意在银行工作人员打开门后，当仁不让地成了第一位顾客。把取好的七万块钱，放到自己的背包里后，出了银行，便轻车熟路地朝着火车站广场东南侧的汽车站走去。一心想着快点取钱和赶往怀丰的任意并没有意识到，他的行踪都被银行门口的几个人看得清清楚楚。

汽车站这里空荡荡的，没有什么人，驶向怀丰的小公共汽车连影子都还没有。

没办法，任意只好在一个角落里驻足，等待着小公共的到来。

“喂！去哪儿呀？坐车呗。”背后突然传过来一声嘶哑的问话声，把正在等车的任意吓了一跳。

他赶忙转身，一张长满了麻子、疙里疙瘩的脸进入了视线，上面凹着的两只眼睛正贼溜溜地盯着他，闪着一丝凶光。

任意心里一紧，直觉告诉他这个人有点问题，因为四周并没有看到任何交通工具。

“不坐，谢谢。”说完他便快步向汽车站的站台走去，那里还有两三个工作人员。没想到刚走几步，突然从拐角的另一侧，又冒出了两个人挡在了他的面前。

这下子任意更确信了自己刚才的判断。他赶忙收住脚，脑子里有些乱了，一时间不知怎么办才好，愣在了原地。

“你……”话还没说完，任意忽然感到头部被什么东西猛击了一下，瞬间觉得眼前的灯光连同那两个黑色身影一下子全都消失了。

哎，我这是在哪里呀？脑袋怎么这么疼啊？晕得这么恶心呢？我的眼镜呢？这是哪儿啊？手上怎么还扎着针？干吗给我输液啊？

睁开眼后的任意被眼前的这一切惊住了。他想坐起来，但整个身子却像不属于他的一样，胳膊腿儿四处散落，全都不听使唤。

“张大夫，张大夫，病人醒了。”一个女人叫喊着，语调里带着几分见怪不怪的惊喜。

“哦，知道了，知道了。”病房外面传来一声男人的应和。

任意又挣扎了一下，试图把肢体集中起来，但还是失败了，随之而来的是浑身一阵酸痛。

“你别动了，正在给你输着液呢。”

谁在和我说话？

寻着声音看去，任意模模糊糊地看到身旁有一个白色身影。

他定了定神，这下子看清楚了，是一位护士大姐。

“我……这……这是怎么啦？”他不解地问。

“警察把你送来的。”护士大姐同情地说道，“这帮人下手真狠。不过你还比较幸运，骨头没事，看情况，输点液养养就好了。前些日子有个人头骨都被打碎了，做了几次手术了，现在还在外面住着呢。这帮人太狠了。”护士大姐一边拨弄着输液管一边说道。

任意安静下来，意识也恢复清醒。

他朦胧地想起了那个长满麻子的脸和两个黑影。

呀！我的包呢？我的钱呢？他下意识地想抬手找找自己的背包。

“别动，要不又跑液了。”护士大姐赶快跟他说道。

“我的包呢？”任意追问道。

“什么包啊？没见警察给你拿着什么东西啊！”护士大姐应和道。

任意心里一下子凉了——钱被抢了。

他忽然感到脑袋里又有点晕疼，感觉整个房间都晃了起来，连带肚子里也翻江倒海，一齐涌向咽喉，早晨吃的那些东西，一下子吐了出来。

“哎，张大夫，病人吐啦！”护士大姐语气有点急地朝门外喊道。因为，她知道头部受伤后，如果有呕吐症状，一般预示着，脑子里的问题可能会有点严重。

一位四十岁左右的男大夫，急匆匆地走进来，先按着任意的脉搏，又从白大褂的兜里拿出个小手电筒对着任意的眼睛照了照，接着又用一个橡胶锤敲了敲任意的腿脚和胳膊，一通检查后，大夫皱着眉头说："先再观察一下，应该问题不大。赶紧问一下他的家人啊！哪儿的人？让他先交点费用。"

还没等护士问任意，两位警察拿着个记录本，径直走到床前，和护士大姐打了个招呼后，拿了个凳子坐在任意的病床前，问道："你是哪儿的人？"

任意如实配合着警察同志的问询，他也清楚了一件事：他遭到了劫匪的抢劫，钱被抢了。不幸中的万幸是他受的伤比较轻。

警察做完笔录走后，从没有遇到过这种事情的任意心里有点乱，两眼直勾勾盯着白晃晃的屋顶，一动也不动。他在思索着该怎么办，看病需要花钱，这么大一笔钱被抢，没了钱的话，去晓梅家里也没有用啊。没办法，只能马上赶回北京，先把库存的酒全都处理掉折成现金，凑够了钱再返回来。

想到这儿，觉得自己没什么问题的任意，想从床上坐起来。

这一举动把正专心填写体温单子的护士大姐吓得一怔，一脸惊讶地赶忙问他又怎么了。

还没等他张口，一阵疼痛和眩晕，任意又倒在了病床上。

二十五

四天后，感觉好多了的任意，出院后又坐上了回北京的火车。

到家也没顾上休整，他便直接去了酒吧，想尽快把库里的那几批酒水存货处理下，都折换成现金。

酒吧里的客人不多。

形神憔悴、一脸倦怠、蓬头垢面的任意突然出现，让郑杰和容儿都吃了一惊。几天的变故打击、住院治疗和心理上的折磨，让任意消瘦了许多，但他自己却感觉不出来。

正当郑杰和容儿一边为他伤心，一边又安慰他捡了条命的时候，酒吧里忽然闯进来两个人，走在前面的那位穿着黑皮衣、微微秃顶的男人，戏谑地吵嚷着要找老板。

容儿出去，见是他们长期合作客户京鑫酒业的王总，便领着他们到了任意的小办公室。两人看到任意的样子也是一惊。

王总一只手握着任意的手，一只手夹着烟，表情夸张地问："哎哟！这是怎么了？几天没见，怎么变样子了？"

"哦，没什么事，出差来着，碰了一下。王总怎么今天有时间过来了呀？"任意一看是王总，多年的合作伙伴，也算是老朋友了，便随意地撒了个谎。

寒暄过后，王总忽然笑着朝着任意仰了下头，对任意说："兄弟，你看这都快月底了，那批货的款，给结一下呗？"

任意听完，有点摸不着头脑。

"什么款呀？王总，我每次都是现款进货，当场都清了呀！您……是不是弄错了？"他不解地问。

"兄弟，你真是贵人爱忘事，咱们合作这么多年了，拿我开玩笑，是不？"听完这话，王总打着哈哈说道。

该不是自己忘了吧？任意在脑子里飞速地过了一遍，可怎么也想不起来什么时候没结账，确信无疑后，便对王总说："我没开玩笑啊，真的，我怎么不记得有欠款呢？"

王总脸上的笑容有些挂不住，但还是勉强笑着，皱了皱眉头说："看起来还真得让我给你提个醒喽！上个月的那批货。"

"上个月？"任意更疑惑了。

看到任意的样子，王总提醒道："是呀！10号那天中午。"

"10号？那天我在山东呢，没要货呀。"任意皱着眉咕哝了一句。他清清楚楚地记得这一天是在晓梅的家里。

"你不是委托一位胖乎乎的小伙子订的吗？我记不起来

他名字了，他说你忙不过来，让他拿着公章签协议，着急让我们先发货，一个月后再付款。咱们这么多年的老关系户了，我当晚不就把货送过来了嘛！”王总以为任意事情太多，把这个事情给忘了，便把事情的经过大致讲了一遍。

王总的一番话，让任意陷入了迷茫之中。

“多少钱啊？”任意皱着眉头问。

“20多万！”王总顺口答道，没等任意回话，又紧接着说道，“我当时心里还嘀咕呢，你从来没一次性要过这么多货，还说你肯定碰上大客户了。生怕耽误喽，当晚就给你送过来了。噢，我还带着供货协议呢。”

说完，王总从包里取出两页纸，递给了任意。

任意接过那两页纸一看，都有点不敢相信自己的眼睛，上面赫然写着，他的酒吧向王总的美华公司订了100箱洋酒、100箱红酒，共计人民币211000元整。所有款项30日内付清。

任意一下子蒙了，自己从来没有一次性进过这么多的货！而且多年来，他一直以诚经商，从来没有先进货后付款，全是现金现结。这是怎么回事？不承认都不行，协议上清清楚楚地盖着酒吧的公章呢。

胖乎乎的小伙子？好半天才回过神来的任意，绞尽脑汁地琢磨这个事的原委。

一个月前，他去了山东，让付雨帮着打理酒吧来着，公章是给了付雨的。胖乎乎的小伙子，难道是付雨？付雨就是胖乎乎的啊！

“你说的小伙子，叫什么，你知道吗？”任意冷静地问道。

“好像叫付什么来着？咱们合作这么多年了，你又是我的大客户，我看他拿着你的公章，当时我也没多想，就给签发货了啊。”王总好像感觉也有点问题，疑惑地答道。

任意有点明白了，那胖乎乎的小伙子肯定是付雨。但付雨要这么多货的事情，一直没有说过呀！

任意又把容儿叫了过来，问她知不知道这批货的事情。容儿一脸茫然，接连摇头说不知道这个事情，因为她一直负责着酒吧的库房和客户们货物往来的管理工作。

任意有点蒙。

王总看到这个情况，明白这事有点蹊跷了，但一时也不知道该怎么办才好。

屋子里一下安静了下来。

“这样吧，王总，我先查一下这个事情是怎么回事，然后再和您商量。”任意紧皱眉头，看了一眼王总说道。

“那好吧，只能先这样了，你看看到底是怎么回事再说。”王总也无奈地摊了一下双手说。

随后，看着任意那失神的样子，也觉得没啥可聊的了，王总便起身告辞。

任意送走王总后，让容儿去招呼客人，他一个人回到小办公室，便傻愣愣地一屁股坐在了椅子上。

任意一时不知道该怎么办了，只是把身体窝在椅子里，双手交叉着抱在胸前，两眼发直，呆呆的，脑子里一片空白。

福无双至，祸不单行。

任意不会想到，付雨确实是利用他和客户多年的信任关系，背着他签了这个协议，要了这批货，但这批货全被他当时就转卖给了别人，付雨拿到了现金。

原来，吃、赌、玩、嫖上了瘾的付雨，每月的开支越来越大，几千块钱的工资根本满足不了他的需求。他连续玩牌赌博，已经欠了一屁股债，每次少则几百，多则上万，积累到一起也得好几万块钱了。每天付雨都被他的那帮狐朋狗友们催债，搞得他焦头烂额的。

帮忙照看酒吧期间，一位牌友曾开玩笑地对他说，就凭任意这个酒吧多年的老关系，“扎”一批货绝对没问题，转手就能来几万。

当时付雨对朋友的玩笑话丝毫没有在意。可谁知没几天，催债的几乎天天打电话向他要钱，并且还说再不还的话就要给他点儿颜色看看。

这不禁让付雨心烦透顶，他没想到，平时和自己关系挺“好”的牌友们，怎么说翻脸就翻脸呢！

一连几天，他都睡不好觉，老是思虑着能从哪弄点儿钱把债还了。

那位开玩笑让他利用任意酒吧“扎”货的朋友，还真的带着三个赌友“债主”，在一天晚上约了付雨，软硬兼施地让他去这么做，看看是否能搞出来货，卖点钱。

付雨想都没想严词拒绝了，因为他知道那样做的话，就把任意给坑了。他们俩这么多年的发小，一起初高中上学，一起来京闯荡，他怎么能干这种事呢？

可那帮赌友们却好像约好了似的，突然都向他加紧了催债。

其实，付雨并不知道，那些赌友们早就合计好了。

这帮人看到付雨正帮任意打理酒吧的生意，便想出了这个招儿，逼着付雨和他们一块儿以酒吧的名义骗货，搞点钱花。

烦闷不已的付雨终究没能抵挡住这伙人的软硬兼施，万般无奈之下同意了“扎”货方案。

他负责以任意公司的名义去骗货，那几位赌友负责联系货的销售。

依托任意几年来诚实守信的口碑，骗货出奇顺利。

当天晚上他们就各自拿到付雨偿还的赌债，并且还多分了一些钱。随后，全都作鸟兽散。只留下付雨一个人，孤零零地呆坐在咖啡厅里直到深夜打烊，服务员催他离开。

也拿到了钱的付雨心里当然很不是滋味，他知道自己的行为让自己成了一个彻头彻尾的“小人”，坑了任意，背叛了多年的好友。

付雨知道任意事后肯定不会原谅他，他必须离开。

他那天并没有想到任意会突然回来，做贼心虚的他没有上班，出了家门之后便躲在楼下一个角落里，一直观察着任意的行动。

看到任意出了家门后，他便飞快地回到屋里，匆匆地收拾好行李，带着歉疚、自责、羞愧、害怕的复杂心情，逃离了。

看到任意失神的样子，郑杰和容儿也很难受，他们也感到此事有些蹊跷。

郑杰皱着眉头坐到任意旁边，一只手搂着他的肩膀，也不知道该对面前这位遭到飞来横祸的朋友说些什么。

容儿则怯怯地在吧台里面发蒙，不知所措。

“我觉得付雨肯定知道这事，前些日子不是他在这儿打理来着吗？”过了一会儿，郑杰突然说道。

“他肯定知道。”吧台里的容儿也这么说。

付雨肯定知道这个事情，上次去永德的时候，确实把公章留给他了，除了他也不会再有第二个人能在那协议上面盖章，而且付雨的身材就胖乎乎的。可……可是付雨怎么可能干这种事呢？

任意的头脑里一片混乱。

“要不……找付雨问问？”郑杰看着任意，试探着问。

任意傻愣愣地坐着，没有回答。

“我……我来问。”郑杰拍了下任意，拿起电话按下了付雨的手机号码。

“您呼叫的用户已关机。”提示音清晰地从电话里传来。

“他出差去了，我上次回来的时候走的。”任意无力地抬起头，朝着正准备重拨的郑杰说。

“他去哪儿了？手机也应该开着呀。”郑杰放下了电话重新坐到任意旁边。

“他没说去哪儿，只说公司要派他常驻外地。”任意把头深深地埋在臂窝里，好像脖颈已无力支撑他的头颅。

郑杰长叹了一口气，说："怎么也得先问问他，把事情搞清楚。要不……我先送你回家吧？"他回头嘱咐容儿道，"容儿，你先看着点儿，我一会儿就回来。"

失去思考能力的任意，无条件地服从了郑杰的"命令"。

这天晚上，郑杰没有回家，一直陪着任意。

第二天，郑杰又连续不断地拨打付雨的手机，可得到的结果依然是"用户已关机"。

这进一步印证了任意对这件事的推测，但他却始终相信付雨不会做出这样对不起他的事。

郑杰在付雨住的卧室里搜寻了半天，终于在一张便签上找到了付雨所在公司的电话号码，接通后得到的答复是：付雨已经辞职。

任意怎么也无法接受这个残酷无情的事实。

几天来，一连串的打击都比不上这次来的猛烈，他觉得咽喉像被一只无形的手紧紧扼住，胸口异常憋闷，身体不由自主地被这只手拽入了黑暗之中，耳边恍惚间还听到了郑杰发出来的惊呼声……

失去意识的任意摔倒了，刚刚受过伤的头部又一次重重地撞在了茶几上面。

二十六

清醒过来的任意，躺在病床上，眼睛直直地盯着输液器，一直沉默不语。

医生说颅内硬脑膜外有点出血，需要先进行观察治疗，如果控制不住，可能还得进行手术。

任意突然昏迷，可把郑杰吓坏了，他推掉了所有的演出，时刻陪在病床旁边。

看着好朋友苍白无力的面孔，只能默默祈祷他能够早点好起来，别再出任何意外。他本想通知任意的父母，但任意怕父母知道后着急，再出点什么意外，一再坚持不让通知，郑杰也只好作罢。

还好，任意的出血病情并无恶化迹象，控制得很好。几天后，病情已经基本稳定，但还要住院治疗、安心静养，还得观察一下。

医生的话让郑杰吃了一颗定心丸。

他长长地出了一口气，几天来的着急、压抑释放了许多，感觉心里的一块重石突然被移走了。

渐渐康复的任意，心里依然沉闷异常，经常觉得喘气困难，胸口发闷，心电图、心脏彩超做了好几次，结果也没查出什么毛病来。搞得脑外科的医生，一直建议他再好点后，去心血管内科住院好好查一查。

任意知道自己得的是“心”病。

几天来，躺在病床上的他怎么也想不通付雨为什么要这么做？为什么这么坑他？郑杰、容儿和王总他们都劝他报警追查，但如果这么做的话付雨这辈子就完蛋了，为了二十多万块钱把付雨给送进局子关几年，他虽然生气但实在也不忍心这么做。再说了，真的报警，即使警察立案找到付雨，那些货也不一定能追回来。让付雨来赔钱，他欠了一屁股债，拿什么来赔钱？付雨如果坐了牢，家里人肯定都知道了，自己还怎么回老家啊……想到这些，任意心乱如麻。晓梅的身影又无时无刻地在脑子里映现，可以说从醒来后，他就没有停止对晓梅的思念。

付雨让他伤心，晓梅让他担心。

他的心有大部分时间是飘在千里之外那个小山村的。

不知道晓梅现在怎么样？约定退钱的两周时间已过，是不是那个小伙子又跑到她家里寻事去了呢？他好像看到了晓梅一家在村里的尴尬处境，那个说媒婶子的冷嘲热讽；小伙子上门催促的得意；村里的人们冷眼看着热闹……

他只恨不能分身，真希望能有另外一个自己，现在就赶到那个小山村，赶紧能把退婚的事情搞定，处理利落，把晓梅给带回北京来。

病房的门开了。

郑杰拎着盒饭走进来，看了一眼挂着的输液瓶子说："还没输完呢？"

"快了。"任意也瞄了一眼输液器。

"那输完液再吃吧。"郑杰一边整理盒饭，一边说道。

任意没应话，两眼直勾勾地看着郑杰在那里忙活。

"怎么样？快出院了，我刚才进来时碰到大夫了，问了下，说你没事了，过两天就可以出院了。"郑杰整理好盒饭，直起身说道。

"嗯，我感觉也没啥问题，能出院了。"任意随口应道。

"不过也别着急。你这出不出院还得听人家大夫的。"郑杰双腿叉着坐在病床旁的凳子上，安慰道。

液输完了，两人吃着盒饭，有一句没一句地聊着酒吧的事情。

王总忽然来了，带着微笑，还拎了一堆营养品。

王总那天离开酒吧之后，便意识到这批货可能出了问题。他从任意的神态上判断，任意真的不知道此事，他们多年互认互信的合作关系被人利用，货被骗了。他也后悔自己当初为什么不直接给任意打个电话，就这么轻易地上了那个小子的当。

王总是商人。

二十多万哪，如果任意找不到那个姓付的怎么办？自己不能无辜地被骗二十多万吧，无论如何也不能让自己吃亏。他思来想去的，还就得向任意要钱，不承认不行，协议上盖着你酒吧公司的公章，真打起官司来也只赢不输。

王总昨天又一次到酒吧，想找任意商量这事，把钱要回来，从容儿口里才得知任意受伤住院。

这下子可把他吓了一跳，任意若是出了意外，找谁要钱去呀！今天就赶紧跑到医院来了。

任意见到王总来探望，心里很是感动，但他很难想到，几天后王总又将让他陷入人生的谷底。

王总从医院离开后，一直在思考着一个问题：看现在任意这状态，拿出来二十多万现金还钱很有难度，但总不能这么拖着吧！二十多万块钱呀！他暗自猜想，开始沉不住气了。

一个确保自己不赔钱的想法，在他的脑海里渐渐冒了出来……

几天后，正准备出院的任意，把东西收拾好，斜躺在病床边上无聊地看着天花板发愣，等着出去办理出院手续的郑杰回来。

王总一行三人又来了。任意以为王总知道自己今天出院，特意赶过来接他呢！但他真的想错了。

看到王总来，任意赶忙站起身，招呼着让大家坐下。

一阵寒暄过后，王总便聊起了那二十多万货款的事情。任意也没啥好说的，只能认赔啊，但他现在根本拿不出来这么多钱，只好好言好语地让王总给往后拖一拖，等他缓缓，赚钱后再还。

王总不再说话，低着头摆弄着大哥大。跟他一起来的两个人也不说话，一位漠然地看着墙壁，一位坐在病床边，手指轻轻地、有节奏地敲打着床单。

病房里一时陷入了沉静。

“兄弟，我们这儿你也知道，压不起这么多钱，我们也得周转啊！你看……”关键之处欲言又止，王总瞄了任意一眼后，低着头又摆弄开了大哥大，感觉好像还有点不好意思。

任意看着王总，没说话。他很想知道王总下面的话，那神情像是在期待领导的最高指示，更像是惶恐地看着那只将被打开的“潘多拉”盒子。

“唉，我来说吧。”和王总一起来的其中一位突然说道。

有点出人意料，任意和王总都抬头看着这位。

“这样，兄弟。我也是王总公司的股东，我们想这样，这二十万呢！最好能按照这个协议按时给，现在已经都拖了快二十天了。王总说你现在困难，但也别总这么拖着是不是！你看这样行不行，把你这个酒吧抵给我们得了。我们也简单地合计了一下，按现在你这个酒吧，装修经营也基本上就值这个价。”这哥们一口气简单明了地把解决方案说完了。

王总没看任意，依旧低着头摆弄着大哥大。

任意听完后，一时有点蒙。

他现在如果再没了酒吧，就真的什么也没有了。虽说这个小酒吧现在生意不是特别好，但每天还是有点现金流能够支撑，维持点生计。可现实一点的问题是，再过几天又该交房租了，房租又要好几万块钱，昨天他还发愁上哪儿去拆借点钱交房租呢。现在倒好，人家给出的这方案，别说房租不用愁了，以后经营好不好都不用愁了。

任意心里一阵苦笑。

“这样吧，让我想想。”任意冲着那哥们说道，眼神里透着一丝无奈的绝望。

“行，兄弟，我们这也是没办法，陈总也是我们股东，这么多钱，总拖着，我们也为难。兄弟，理解一下。”王总抬起头看着任意说道，言语中透着歉疚。

“理解理解，明白明白。”任意看着王总回应道。

病房里又陷入了短暂的安静，气氛有些尴尬。

办理出院手续的郑杰，忽然推门进来，化解了一些病房内的气氛。王总一行也趁着这个档口，起身告辞。

“你这帮哥们还真挺够意思的。”郑杰帮着送走王总一行后，回到病房感慨地说道。

任意苦笑着“嗯”了一声，长叹一口气，身子好像被抽了筋似的，软绵绵地又歪躺在病床上。

“东西收拾了好吗？该出院了啊，咱们准备走啦，你在这儿还没躺够啊！”郑杰一边整理手里的一堆票据，一边朝任意说道。

任意没有回应，眼睛直勾勾地盯着天花板，一眨也不眨。

郑杰见任意有点反常，凑近他问道："怎么啦？"

任意好像从梦里惊醒一样，猛地看了一眼郑杰说："噢，没事。"

随后，任意从病床上将自己的身子抬起来，长出了一口气，拎起病床上整理好的那个包，和郑杰说道："出院，走啦。"

二人一前一后走出了病房。

二十七

这一年北京的深秋格外冷，扛不住冷的人都穿起了棉服。

坐在出租车里的任意，托着腮帮子贪婪地看着外面。这阵子一直憋在病房里，突然出院，让他感觉恍如隔世。

给任意送到楼下后，郑杰临时有点事情，就先走了。

任意一个人上了楼。

到家了。

他慢慢地打开房门。

屋里有点暗，一股没有人气的那种透心的清冷。

任意把包放下，不自主地打了个寒战。

屋里有点凌乱，他站在原地，环顾了一下四周。这租住了好几年的房子，他突然感觉到一种陌生，在这种“陌生”的环境中，他陡生出一股彻头彻尾的孤独和悲凉。

任意不由得想起了付雨。

多少年的老同学呀！他禁不住发出了一声低低的呻吟。

高中时一块儿吃喝打闹，并排着骑车回家；背井离乡来到北京，在最困难的时候一起蜗居在那间小平房里相互鼓励、打气；找到工作后，守着点儿花生米和火腿肠，对着瓶子吹啤酒，喝得舌头打卷儿，吹牛皮、想未来、挣大钱……

一幕幕情景就像是在放映一场怀旧感人的电影。

虽说都市的霓虹点燃了人们的各种欲望，可是一点一滴凝结的多年的友情，难道就这样在欲望面前一文不值、弱不禁风?

现实真是无情。

想起这些，任意的心中隐隐作痛。

他长长地叹了一口气，仿佛要把心中所有的郁闷都强制性地呼出去。

付雨刚刚从脑子里离去，晓梅的影子又闯了进来。虽然，晓梅的身影天天都要光顾任意的脑海，但每一次到来，都会让他的心倏地紧缩，又高高地悬挂起来。

晓梅现在怎么样了呢?

这个问题如一把利刃，不时剜割着任意的内心。他有时真恨不得立即赶到那个小山村，赶到晓梅身旁。

还有酒吧和客户，也好多天没去了，不知道那里怎么样了。酒吧和生意，将任意拉回了现实。是呀，还耽误啥啊，还不赶紧去酒吧里看看！他强打起精神，平复了一下心情，简单收拾了屋子后，又洗澡换了身衣服，看着镜子里的自己，与整天在医院里穿着病号服蓬头垢面的那个自己相比，任意忽然有一种重新做人的感觉。

酒吧的生意基本上没有怎么耽误，这都要归功于容儿，别看这姑娘大大咧咧的，但对工作那可真是实打实得踏实。

任意住院这些日子，容儿除了对酒水客户的订单、送货、收款等业务不熟悉，只好让人家等任意回来处理之外，酒吧现场的客人接待，她做得井井有条，没有丝毫的耽误。

“呀，老板，您好啦？”正在吧台做着准备工作的容儿，看到任意进来，一脸惊喜。

“是啊！”任意勉强而又有点不好意思地笑着答道。

快言快语的容儿，接着把这些日子的工作和任意都交代了一下，随后又像往常一样，准备迎接晚上客人高峰的到来。

任意看了看自己一手创办起来的酒吧，这个生意虽然不是自己的梦想，但承载着他闯荡北京的辉煌，为他能在北京落稳脚跟带来了坚实的经济基础。

他坐在自己那间小办公室里，想着如何把王总的钱还上，想着晓梅退婚的钱，想着还要进一批酒需要钱，酒吧的房租也马上要交了，自己住的那个房子也要交房租了等，这些事都需要钱。

梦想与现实好像就是隔着“钱”。

这些日子，一系列的变故，让近年来事业发展顺利的任意，有点措手不及。

他双手捂着自己的脸，闭着眼睛，背靠在椅子上，想着下一步该怎么办，但脑子却一直静不下来，也理不出个清晰的思路，却越想越烦。

客人渐渐多了，工作的忙碌暂时冲淡了任意的烦闷。

接下来的日子，任意仿佛又回到以前的工作状态，但他最害怕晚上从酒吧里忙完后一个人回到家里。闲下来的他不害怕孤独，而是害怕静下来以后烦闷的侵袭，他害怕接到王总电话更害怕见到王总，害怕失去自己一手创办的酒吧，害怕再次失去晓梅……

失去，可能是每个人害怕的根源。

任意曾想找那些客户朋友去借一些钱，但生性怕给别人添麻烦、害怕被拒绝、又不好意思的他一直犹豫着，一直拖着，毕竟要筹几十万的钱啊。让一两个朋友出这么多钱不太现实，向更多的人去借去凑，来北京这几年除了一些客户以外，不善于交朋友的他本来也没那么多可以借钱的朋友。

他一直没有想好该怎么办，也一直没有找到还钱的方法，自己就在害怕和纠结中一天天地熬过。

这一天，王总带着那两个人来了。

见到王总一行人，任意的心跳有点加速，他知道该来的总会来。你拖着行，人家拖着不行。

“怎么样？兄弟，那钱能给吗？拖这么长时间，我们也周转不开了啊！”惯常的问候后，王总这次问得非常直接，不像以前那样还照顾着老客户的面子。

任意长叹了口气，只好赔着笑，和王总说看看能不能缓些日子，让他一部分一部分地还。还没等他说话，和王总一起来的那两个人，其中一位就接着王总的话说：“这样吧，兄弟，咱们都是痛快人，你和王总这么多年老关系了，这钱呢，我们也拖不起。我们说的用这个酒吧来抵账的那个方案，也算是给您解套。我也打听了一下，现在这酒吧马上就得交房租了，还得一笔钱呢！即使抵给我们，我们还得追加投入。”

那人说完扫了一眼王总，见王总低着头没说话，他又接着说道：“我们简单写了一个协议，您看看得了。这个也简单，没那么复杂，您一签就全都完事了，我们连货都不盘点了。您也不用为钱发愁了。”

他还没等任意反应过来，便直接从包里拿出几页纸，递到任意面前。

任意拿起那几页纸粗略地看了下，用酒吧来冲抵那笔货款的条款，写得的确非常简单。

突然好像被抽走了意识一般，任意的脑子里一片空白。愣了两三分钟后，他才回过神来，也不知道说啥，屋子里的空气仿佛凝固了，出奇的安静。

此时的任意，内心一阵悲凉，无奈又绝望。他实在受不了这种被逼迫的煎熬和压抑，已经到了一种临界点。

王总一直低着头不说话，也没有看任意。

那人好像等得有点没耐心了，摊了一下手后，和任意说道：“兄弟，你看……”

“行了，我同意，签了吧！”没等那人的话说完，任意说道。

听到这话，王总抬头看了一眼任意，又重新低下头，没有言语。

那人也稍微愣了一下，好像对任意这么快就表态也有点惊讶，但随即高兴地说道：“行嘞，兄弟，一看你就是一个痛快人。”接着从包里拿出一支碳素笔，拔好笔帽递给了任意，又忙着把两份协议需要任意签字的部分直接整理好，摆在任意面前，生怕任意反悔似的。

任意长出了一口气，“哼”了一声，辛酸又无奈的苦笑咧在嘴角，接过笔，咽了口唾沫，签下了自己的名字。

二十八

钱没了，酒吧也没了，感觉一切都回到刚来北京时那个原点的任意，根本不敢再奢望、也没有能力把晓梅再接回北京。无事可干又非常自由的他，每天就把自己关闭在这个阴凉的屋子里，在孤独、痛苦和绝望中消磨着一天又一天……

知道了所有事情的郑杰，怕他想不开，几乎隔个一两天就过来陪他，喝喝酒，吹吹牛。

一天中午，从床上爬起来没多久的任意，蓬头垢面，随意地套着几天没洗的一身秋衣秋裤，松松垮垮，端着一桶刚泡好的方便面，正准备吃。

门铃忽然“叮咚、叮咚”响了两声。

任意听到铃声颇感诧异，已形成心理惯性的他觉得肯定又是郑杰来了，心里疑惑道：这小子今天是怎么了？不敲门，按什么门铃呀？

他扭头冲着门口嚷了一句："门没锁。"接着就低下头自顾自地吃起了面。

门外忽然静了几秒钟，随后"喀嚓"一声，锁被扭动，门被推开了一个缝，但比往常要慢得多。

任意并没有注意这些，依然坐在餐桌旁低头吃面。

门完全开了，暗暗的门口出现一个身影，立着没动，但头向屋内怯怯地探望。

"你那儿不是有钥匙吗？没带啊？"只顾"吸溜吸溜"吃面的任意，头也没抬地问。

没有回应。

嗯？任意有点奇怪，这才扭头向门口扫了一眼。

猛然间，他像被电击了一般，僵直地歪在那里一动不动，还没吞进嘴里的面条从张着的嘴里滑下来。

一个苗条身影立在门口，正微笑地看着他。

"晓梅？"他惊讶地叫道。

这是在做梦吗？感觉又不是。

他清楚地看到，一滴滴泪珠顺着晓梅的脸颊，无声地滴落。

二十九

任意在晓梅家里突然出现，再到搞得村里众人皆知的退婚风波，让晓梅一家人在很长一段时间内成了村里人茶余饭后的重要谈资。

从来没有经历过什么风浪，一直过着平静日子的晓梅父母，出门碰到左邻右舍都感到十分尴尬，一见到别人聊天，总觉得人家是在聊他们家的事。尽管如此，老两口内心里还是高兴的：任意这小伙子实诚、能干、有学历，还在北京做得很好，对晓梅感情又好，他们十分满意，总算没耽误自己姑娘的终身大事，村里人爱咋说就咋说吧。

退婚的事情搞定后，晓梅当然也高兴，她也深深地被任意所感动，也为任意自豪。

爱的雨露，再一次浇灌了这棵生长于贫瘠土地上、差点儿夭折了的花朵，让她重新迸发出了旺盛的生命力，在欢乐中含苞待放。

自从任意回北京去筹退婚的钱后，晓梅一家人就在幸福之中等待着他的回来，期待着退婚的事情早点办妥，开始新的生活。

任意的父母是什么样子？任意家里情况怎么样？任意的父母会不会认可晓梅？双方家长是不是应该见个面？甚至连任意和晓梅的结婚日子、怎么办婚礼等话题，几乎是晓梅父母和晓梅闲暇之余聊天的全部。

等待，是一种对身心的折磨。

晓梅知道任意如果回来的话，在院子里出现的时间应该是早晨，因为北京到永德的火车就是这个点。

每天清晨她睡醒后，睁开眼后的第一件事就是看看表是几点，然后心里盘算着：如果任意今天回来，这个时间应该到了永德车站。

她嘴里不说，心里总是念叨。

随后便匆匆起床，竖着耳朵倾听着院子里的声响，以期能够在第一时间用笑容迎接任意，用双手抚去他身上的疲惫，也安抚一下自己躁动的心。

有人说，爱情会让女人的感觉变得异常敏锐。

这在晓梅的身上得到了验证。

几只寻食的麻雀飞落在院子里发出的声响，都会让她立即放下手中的活儿，赶快开门看一看。

开门的次数多了，门都懒得再发出“吱呀”声。

好多次是神经质的，因为外面根本没有任何声响。

父母爱怜而又不乏“嘲笑”的目光，让晓梅都吃惊自己的脸皮并不太薄。

一天过去了，两天过去了，一周过去了……任意依然没有出现。

咦？亲爱的你怎么还不来呢？不是说好四五天就回来吗？是不是酒吧的事儿太多了，一时抽不开身？还是……

人在这时候，太过敏感的神经会不自主地往坏处想，甚至还凭空臆想出很多“真实”的情景。

晓梅不敢再往下想，她太害怕自己这种神经质的想象会真的发生。她居然想象到是不是任意到了北京后，一想到需要那么多钱而反悔，不回来了。凭着对任意的了解，她相信任意应该不会这样，但现实是任意并没有回来。

晓梅心里有些不踏实，她想到镇上给任意打个长途电话，但心里的担心、害怕又让她不敢去和任意联系。

十天过去了，任意还没有回来。

十二天过去了，任意依然没有在院子里出现。

离约定退还彩礼的日子还剩下两天，不仅晓梅急得有点魂不守舍，父母的表情显示出他们也不轻松。

家里陷入沉默。

那位介绍人婶子还有点儿幸灾乐祸地在村里故意传出了很多难听的风凉话：退婚？退呀！勾搭的那个北京小白脸找到家来，你们就找不着北了。怎么样？一让那小白脸掏钱，就跑得没影儿了吧！你以为你们是什么金枝玉叶呀？被人家耍了，还觉得挺美……

一时间，晓梅家再一次成了全村人关注的焦点。

晓梅起初对这些风言风语充耳不闻。她深信任意是爱她的，不会“耍着她玩”，更不会“跑得没了影儿”。他肯定是出了什么事情，肯定是。

明天就是约定退钱的日子，可他今天怎么还不来呢？

晓梅有些坐不住了。

思来想去，她终于偷偷地跑到怀丰镇上的一个公共电话亭，拨通了任意的手机号码。

但期待的任意的声音并没有出现。

“您呼叫的用户已关机。”晓梅的心里“咯噔”一下子，心跳立即加速，每一个字都像一个炸弹在她耳边爆炸，让她猝不及防。

这是怎么回事？号码没有错呀！

任意这个时间是不可能关机的，或许是手机没电了吧？她又拨通了任意家的电话，没有人接听。

晓梅忽然被一种莫名的恐慌笼罩，心里烦乱如麻，理不出一丝头绪，逼得她禁不住闭上双眼默默地强迫自己冷静。

这一天她就这样隔一会儿拨一次，隔一会儿拨一次，一直到天黑也没有听到她期待的任意的声音传来。

电话亭的大妈由热情变得心烦，因为电话不通她没办法收钱。

晓梅彻底绝望了，一股凉气从脚底穿透整个身体。

心神不宁的晓梅拖着软绵绵的身子回到家，饭也没吃便一个人独自躺倒在自己的小屋里。任意为什么关掉手机？该不会是真的出了什么事吧？难道……难道他真的是因为钱的缘故而放弃了，真的不来了吗？

无限的悲凉油然而生，让她黯然神伤。

“不会的，他不会的。”她发疯地摇头，双手用力地揉捏着被角，在心中呐喊，要把这种想法狠狠地鞭笞一番，把它从心里驱走。

与此同时，在另外一间屋子里，晓梅的父母正愁眉苦脸地长吁短叹。

看着晓梅失神落魄的样子，老两口也不知道应该怎样劝她才好。

一方面是替闺女着想；另一方面苦衷也难以言表。

是啊！家里这点儿事，现在闹得全村人都知道了，全都瞪着眼睛看着他们。说好明天就得退给人家彩礼钱，可到现在任意还没来呢！若这小子真是像村里人嚷嚷的那样，耍着咱闺女玩的话，你说让咱这老脸往哪儿搁呀？

这一夜，家里的气氛非常沉闷，屋顶都显得比平时要低。

他们哪里知道，此时的任意正昏躺在医院的病床上，手机连续两天都没充电了。

世间之事，很多的错过都是因为巧合。

第二天，介绍人婶子和那位小伙子早早就出现在院子里。

一些好事的村民邻居也有意地聚拢在院子附近，看着热闹。和晓梅家关系好的几位邻居和族亲便进了院子，生怕闹出什么事，他们也好帮一下，别让晓梅家吃亏。

晓梅的父母毫无办法，面对介绍人和小伙子的催“债”，两位老人只能豁出老脸，在冷嘲热讽中点头哈腰地赔着笑脸，搜肠刮肚地说着好话。

直到介绍人和小伙子带着一种满足而又不可一世的神情走出这个家门——他们迈着四方步，踩着京剧的鼓点。

看着白发的父母，羞辱与悲痛让晓梅伤心欲绝。

两周过去了，三周也过去了……

热烈的期待被时间削减得所剩无几。

此期间晓梅仍不死心，又跑到怀丰镇上给任意打了两次电话，结果还是与上次一样。

冰冷，彻头彻尾的冰冷。

晓梅绝望了。

她完全相信这就是自己的命运。

她不再相信爱情，也不再奢望自己的幸福。

看着父母苍老的面孔和对自己关切的眼神，她再一次接受了这个“事实”。

父母偶尔当着她的面抱怨任意和念叨着一些难听的话，她无话可说。其实，她的心已死了，她问过自己，恨任意吗？说恨，自己凭什么恨人家呢？不恨，可你任意又干吗来这里搅和一下，把我们搞得一团乱，成了村里的笑话？

沉闷，一直压抑在小院里，无法驱散，让人喘不过来气，一家人整天除了叹气全都不再言语，各自从早到晚默默地忙活家里的活计。

三十

一天中午前后，正在收拾屋子的晓梅，忽然听到村委会的大喇叭喊自己的名字，让她去取她的挂号信。

信是他弟弟李晓明写来的。

晓明在信中粗略地描述了任意遭遇的不幸，并告诉她任意已经住院。

原来，正在北理工念书的李晓明周末和几位同学出去玩，正好坐公交车路过“漂”酒吧，他忽然想起了任意，便和同学说有事，下了车，一个人走进了酒吧。

酒吧已换了主人，但没什么变化。

容儿由于非常熟悉这里的业务，王总接手之后，也就把她留了下来。

对于这位小姑娘来说，工作还是原来的工作，薪水也一点儿没少，可工作却少了几分欢乐。她常常想念起任意和那些经常光顾的朋友。

容儿认出了李晓明，便把任意所有的事情一股脑儿地告诉了他。

吃惊不已的李晓明于当天晚上就给姐姐发出了这封挂号信。

连续把信读了好几遍，晓梅还难以一时反应过来这是真的。脑子里乱哄哄的她，拿着信立在院子里，不知所措……

一切变化得如此急速，让人眼花缭乱，难道这是上天跟自己开了一个大大的玩笑？亲爱的，请原谅我吧！你因为我遭遇到了如此不幸，可我却还在一无所知中恨着你。

晓梅的脑海中被任意受伤的画面所充满。

躯体还在，可她的心已经飞到了北京，她恨不得立刻就跑到任意面前，只恨自己不会腾云驾雾，也不会“移身大法”。

花费了很大的气力晓梅才迫使自己冷静下来，她把晓明信里的内容和父母讲了，父母也很是吃惊，也都很懊悔：没想到任意这孩子为了咱们姑娘的事情，出现了这么多变故，咱们还埋怨、骂人家呢！

父母也催着晓梅，赶快去趟北京，去照看一下任意。

当然，以晓梅的心态，她现在就想订票去北京。但理智告诉她有一件事情自己要做，而且，无论面对什么情况，无论面对多大的压力，无论对方提什么条件，无论村里再怎么说……她都不管了，这件事情她必须去做：自己去找他们，给他们写欠条、立字据。

无论如何也要把婚退掉，尽快去北京，回到任意身边，去照顾他。

人若有豁出去的信念，就会有万夫不当之勇。

晓梅把自己的想法和父母也说了，这段时间经历太多的父母，也顾不得那么多了，反正孩子这个事情现在闹得都成为全村人的笑话了，爱咋咋地吧！当然他们也没有什么其他办法，只能随着晓梅去做了。

晓梅在第一时间就跑到了介绍人那个婶子家里。

没想到任由晓梅怎么乞求，除了得到嘴角流露出的一丝轻蔑之外，再也没有获得任何回旋的余地。毕竟，她退婚的事情，搞得这位婶子在男方那边一直抬不起头，把男方这边着实得罪了。男方一家人一直都在埋怨她，男方好歹在那个小县城里也算是有点钱、有头有脸的主儿，被晓梅退婚这么一闹，搞得非常没面子。这婶子其实也不知道晓梅在北京还有这么一位，面对男方的指责和埋怨，她也是有苦难言，只能是一个劲儿地给男方赔不是，而她自己也成了村里人的一个笑柄。

呵呵！当时退婚你们一家人那得意劲儿，那风头劲儿都哪去了？如今你没钱退婚，又来求我，当然不成，肯定不成。我也没脸去和人家男方说。

晓梅当然没理由埋怨这位婶子的做法，她知道自己退婚的事情，给人家带来的诸多麻烦。

没办法，晓梅想：只能自己直接去县城，亲自去找那个小伙子他们家里，求人家。但婶子怎么也不肯把小伙子的地址告诉她。

按照常理，婶子根本不可能把人家男方家的地址给她，怎么可能呢！

碰了一鼻子灰的晓梅沉着脸回到家里，把自己关在小屋里，思索着该怎么做？父母预感到此事之难，也想不出什么办法，只能默默地、轻手轻脚地干着一些活计，不敢去问。

穷途末路的晓梅忽然想到了那位“鸡窝头”。

对呀，为什么不找他去呢？他不是那个小伙子的亲戚吗？他肯定知道小伙子家在哪儿。上次那小伙子在家里闹腾，就是他帮着调解的呀！何况他对任意还挺好的呢。

去试一试。

人在黑暗中的时候，任何一丝光亮都会成为希望。

想到“鸡窝头”的晓梅，立马起身，都没顾得上跟父母打招呼，便直奔怀丰镇。

找到“鸡窝头”，晓梅把任意的遭遇和他说完后，“鸡窝头”也很同情，他二话没说便带着晓梅直接去了那个小伙子家里。

小伙子的家，在县城一个最好的小区里，装修考究，高级的木质板材家具，屋顶垂着明晃晃的吊灯。

晓梅的到来，让小伙子一家人有点惊讶，但连杯水都没给倒。

小伙子的父母跷着二郎腿坐在雕刻着花纹的红木沙发上，傲慢且轻蔑。

“鸡窝头”虽然和小伙子家虽是亲戚，但由于两家经济地位相差太大，“鸡窝头”也很拘谨。

通晓内情之后，尽管有“鸡窝头”的帮衬劝说，但已经丢了很大面子的小伙子一家人，根本毫不理会。小伙子自顾自地把玩着一个金色的打火机；其父眯着眼，似睁似闭，一手轻轻地按揉着额头，这好像是有钱老男人的惯常动作；其母则轻蔑地撇着嘴，一手轻轻地来回抚着质地不错的家居服。

“鸡窝头”也不知道该怎么说了，看着大家，有点如坐针毡的感觉。

屋子里一时陷入沉默。

内心焦急，但又实在无奈的晓梅，忽然站起来“噗通”一下，朝着小伙子的父母跪下了。

屋子里所有人都一惊，一时间都没反应过来。

晓梅就在那里跪着，她也不知道该说哪些乞求的话，眼泪吧嗒吧嗒地就流了下来。

人心都是肉长的。

看着面前这位眼泪汪汪，急得语无伦次，跪在那里的姑娘，小伙子的父母也开始不好意思了，都是做爹妈的人啊。

小伙子母亲赶忙站起，扶起晓梅，同意退婚。

晓梅“哇”的一声哭了出来，这哭声隐含着高兴，但更多是辛酸和屈辱……

同意退婚后，小伙子的父亲还当即表态，那几万块钱彩礼，能退回来多少就先退回来多少，剩余的等有了钱再说。

美好的东西无论在哪里都会产生共鸣。

临走时，晓梅又流着泪向小伙子的父母深深地鞠了一躬。

小伙子的父母也叹了一口气，他们内心里也为失去这么一位“好儿媳”而遗憾。

从县城回到怀丰镇上，天色已晚，“鸡窝头”又亲自把晓梅送到家后才回去。看着“鸡窝头”的背影，晓梅不禁感慨：任意，你知道吗？你对“鸡窝头”的一点点善意和帮助，今天却得到了最大的回报。明天我就能回到北京，见到你了。

山里刺骨的寒风“呼呼”地刮着，似乎要荡涤人间的一切温暖，可对晓梅内心的火热却无能为力。

第二天，晓梅便告别了父母，赶往北京。

三十一

看到蓬头垢面、邋里邋遢、一脸憔悴的任意，晓梅升温的情愫，几乎全化成了泪……

晓梅站在门口，两个人谁也没动，就这样默默地对视着。

时间停住了，所有活动着的物体都停住了。

“晓梅，你……怎么来了？”过了好一会儿，把嘴里没嚼完的面条囫囵咽下后，任意慢慢地从沙发上站起来，睁大眼睛问道，像是在问晓梅，又像是自言自语。

晓梅点了点头，没有说话，走进屋里。

“你怎么来了？”任意轻轻地走到晓梅面前，帮她从肩上取下旅行包，双手颤抖地抓住她的双肩，悄声地问，像是害怕声音大了，会惊醒自己的梦。

晓梅依然没有回答，只是拼命地点着头，猛地扎进了他的怀抱。

抱住了，真的，这是现实。

任意乐了。

晓梅哭了。

一笑一哭的两个精疲力竭的人，就这样紧紧地相拥着，谁也不再说话。

这一刻是美好的，屋内所有的东西好像都被他们感染而具有了灵性，整个屋子一下子变得有了活力。

感情是云，爱情是雨，生活是大地。

再美好的爱情也要面对平淡而实在的生活。

这是一个真理。

任意与晓梅也不例外。

三十二

晓梅回到任意身边之后，两人的生活，就被幸福围绕着。

接下来，晓梅在附近一家大型超市里找到了一份促销员的工作。

每天她都会早早起床，留给还躺在被窝里的任意一个深吻后便匆匆赶着上班。超市下班晚，任意则过去接她，两人一起回家。

虽说做超市促销员这个工作，每天起早贪黑地忙下来比较辛苦，但晓梅的心里却从来没有这样快乐过。

晓梅还想方设法地为任意做一些可口的饭菜，补充“营养”，为此她还专门买了一本菜谱。

任意呢？

滋润的爱情冲淡并填补了前一段时间工作、事业和友情上的变故在他心中留下的伤痕，在晓梅的精心照顾下，身体恢复得很快。但无事可做的他，每天在家里闲待得有点无聊，更主要的是，他得出去挣点钱了。房租、生活费全靠晓梅一个人做促销员的薪水，是根本支撑不住的。

其实，他早就在家里待不下去了，想出去找点儿事干。

以前开酒吧的时候，忙得连个休息日都没有，老想着能好好休息一阵子，可这一真的没事可干，又倍觉无聊。

晓梅对此一再阻挠，就是不让他去。理由很简单：他的身体还需要静养，要等他完全康复了再说。其实，对于晓梅来说，她内心对任意一直是歉疚的，她一直觉得是她的原因才让任意发生了这么多意外，不仅身体上受到了伤害，事业上也从一个小康生活的小老板一下子变得一无所有。

对任意歉疚的爱，让她每天都在想着办法对任意好，让任意多休息好，把身体养好。

没有办法，任意只好遵从晓梅的“旨意”，每天坐在家里尽情享受着她那些过分的溺爱。

虽说如此，但两个人的生活毕竟还是有开支的，压力也不小，晓梅只能自己多卖一些力气，多受点累了。

转眼又到年底。

由于任意不愿意让父母知道自己目前的状况，为自己担心，这个春节他决定不回家过了。

晓梅也有意如此，临近春节是各种商品促销的黄金时期，她想趁这个时候多挣些提成，况且春节假期间加班还是双薪呢，她也不想错过这个机会。

这天晚上，回到家里的晓梅的状态有点不正常，兴奋而又神秘，让任意感到有些奇怪。

连问了半天，晓梅也不答话，只是歪着脑袋看着他微笑，隐含羞涩。

一时把任意看得不知所措，以为自己身上某个地方出了什么问题。

“今天是什么日子？”晓梅看着任意懵懂的样子，终于忍不住问。

“什么日子？没什么特殊的啊？腊月二十四呀。”任意看着晓梅小声嘀咕道，想了半天也没想出今天与其他日子有什么不同。

“再想想。”晓梅依然歪着头，并俏皮地朝他扬了一下头。

“还真想不出来。哦，今天你发工资了吧？”任意忽然明白了似的指着晓梅笑了。

“你就知道发工资。”晓梅撇了一下嘴，说道。

任意见状，赶忙搂着她窝在沙发上，像带小孩似的连哄带问。

晓梅挣脱了任意，用一只手指戳着他的胸口说：“再想想，去年的今天，我们在北三环那个豆花……”

“哦！原来是这呀！”任意恍然大悟，“你记得还真清楚。”

“我怎么不清楚，那是我们的‘第一次亲密接触’，也是我第一次在北京请别人吃饭，没想到就是你。正好今天我们也刚发了工资，走，还是我请客，还去那家豆花庄！”

晓梅亲昵地敲了一下任意的脑门。

“嗯，都一年了，还真的要纪念纪念。”任意颇为感叹。

生活其实就是这样，每一天都是在白天黑夜的交替中平平常常地度过，没有什么不同，可是很平常的某一天，对于一些人来说却有着不寻常的意义。因为曾经在这一天中发生过的一些事情，让他（她）感动，并永远留在心中。

在豆花庄里，晓梅点了几个菜，还是去年任意点的那几个。

熟悉的情景，勾起了任意和晓梅对这一年来往事的回忆。

记起了晓梅第一次去酒吧谈业务。

记起了一块儿在酒吧里忙活，一块儿搬货，都累得汗流浃背。

记起了退婚风波和那些不幸的遭遇。

……

想起这一年中发生的事情和现在的情况，两个人不禁感慨万千，有点伤感，但更多的是高兴。

从豆花庄出来之后，已快到深夜，清冷伴着寒风，路上行人很少。但任意和晓梅没有坐车，两人心有灵犀地相互依偎着默默地沿着三环马路边溜达。

纪念和回忆又把两人的心紧紧地融合在一起，此刻只有对幸福和甜蜜的珍惜。

“哎，师傅，让一下。”一位背着大包小包的人在他们身旁匆匆经过，像是去车站赶车的样子，并排慢慢溜达的任意和晓梅显然阻挡了人家的路。

是啊，还有几天就快过年了，忙忙碌碌在外面奔波的人，无论多远、多难、多累，都尽可能地在除夕之前赶回家，去和父母家人享受团圆。

春节，对于中国人来说其分量可谓重中之重。

任意看着那个拎着大包小包的人着急远去的背影，不禁想到了老家的父母：此时父母肯定又在忙活着置办年货，肯定又为自己买好了爱吃的"酱猪蹄"，肯定又在天天盯着日历盼着这几天早点儿过去。可是，自己却不回去了。

对于传统的任意来说，长这么大还是第一次不守在父母身旁过年。

想到父母，任意的心里不免有些惆怅。

晓梅挎着任意的胳膊，依偎着，两个人谁也不说话，就这样一路走着……

除夕之夜，春晚的歌舞华彩，无一不在尽可能地用各种方式宣泄着欢歌笑语。

偶尔几声爆竹和礼花的爆炸声，反而映衬着整个大都市少有的宁静。

透过一扇扇亮着灯光的窗户，可以想象得出家家户户团聚的幸福、祥和与安宁……

新的一年就要来了，得给父母拜年了，打个电话吧！

电话通了。

"妈……"这一声呼唤，还没完全出口。

母亲慈爱的声音，却从话筒中清晰地传了出来。

"小意啊，刚忙完啊？刚才你爸还念叨呢，怎么也不打个电话，还说给你打电话，又怕打扰你的事，都等着你电话呢！你说说，这大过年的，你们也不放假歇两天？”电话那头的妈妈一通唠叨。

“嗯，是的，酒吧没停业，有点忙。”任意回应了一声，咬着嘴唇。

“我还给你买了好多‘酱猪蹄’留着呢！过完年等你回来再吃吧！我和你爸都挺好的，你别挂念了。北京那边冷不？在外面一定要注意身体，照顾好自己。天气冷，多穿衣服。年夜饭吃了点啥啊？”

一声声关切的叮嘱，每一个字都浸透着无限的母爱。

任意仿佛看到了电话那头父母的神情：母亲打着电话，父亲拿着根烟凑在一旁看着……

对父母的思念、不幸的遭遇与爱情的收获，如汹涌潮水一起涌了上来，让他百感交集。任意再也控制不住自己的情绪，还没等母亲把话说完，他紧绷着情绪简短地给父母拜年后，便一下子挂断了电话，像个受了委屈的孩子似的握着电话筒，流下了泪。

晓梅轻轻地走过来，从身后抱住了他，默默地紧紧贴在他的身上。

三十三

春节过后，任意的身体也已完全恢复。一个意气风发的任意，又出现在我们面前。

虽然经过了诸多的挫折打击和生活的变化，但获得了晓梅爱情的滋润，任意的脸上较以前多了一些成熟和刚毅。

任意开始思考起自己的工作。

以前挣得那点儿钱，被去年这一年折腾得所剩无几，如今别说再重新开个酒吧，就是支持生活，如果没有晓梅的工资，都有些困难，更何况还背负着退婚款、房租等压力。重新自己开酒吧，就要有钱投入，这个目前也不太现实。思虑之后，他决定先去打打工，在公司里找份工作干，挣些稳定的薪水，等有点积蓄后再考虑自己做。

想是这样想，已做过小老板的他，这时找工作的心态，跟刚来北京时已经大不相同。

应聘经理吧？自己感觉着心里没底，经营一个小酒吧，和在公司里管理一个团队完全不是一回事，他还真没有在大公司做过经理的经验。应聘推销员吧？无论是心理上还是面子上，还真有点儿放不下架子来。

就这样，一个多月下来简历投了不少，大部分都如肉包子打狗——有去无回，偶尔去面试了几家公司，但都感觉不太靠谱。

工作的问题不禁让任意颇为烦闷。

这一天，正无所事事的任意待在家里发愁，电话铃忽然响了。

是不是有公司要约他面试？

接通之后，任意脸上的那一丝惊喜，瞬间消失得无影无踪，表情陷入了死一般的僵硬。

这是付雨父亲打来的电话。

付雨的父亲告诉他，他们刚刚接到北京一个派出所的电话，说付雨涉嫌一起入室偷盗案被警察抓住，现在正关押在朝阳区看守所里。

他求任意先去那里看一下付雨，他们明天才能赶到北京来。

天哪！入室偷盗，付雨进去了！

放下电话好一阵子，任意还不敢相信这是事实。

虽说付雨去年做出那件事后，任意一直记恨于心，可乍一听到这个消息，他还是异常震惊。

毕竟是从小一起长大的老朋友呀！

冷静之后，任意赶忙穿好衣服，直奔看守所。这是他第一次走进这种地方，以前更是想都没有想过。

付雨明显瘦了。

这里可能是减肥的“最佳”场所，还不用花钱。

颧骨凸出的脸好像都没洗干净，胡子拉碴的，头发乱得黏成一团。

他静静地坐在任意的对面，面无表情。

看到付雨的样子，任意有些心酸，一时真不知道该说些什么！

待心情平稳，他才悠悠地说道：“是你爸打电话告诉我的。你还好吧？”

付雨低着头点了两下。

“你怎么样？”付雨忽然问。

“还行，现在也没干什么，正在找点事儿干，酒吧抵……”任意想说酒吧抵债了，随即又止住了口。

……

两人陷入了沉默之中。

任意忽然看到眼泪从付雨的脸上流下来，落在了地上。

他鼻子一酸，眼睛也湿润了，但强忍着没让眼泪流下来。

“任意，我……对不起你，是我坑了你。”付雨抽噎着说。

“唉，都过去了，还提这些干什么呢？”任意故意让语调显得轻描淡写，想让气氛轻松一些。

“怎么能不提呢，自从……离开你之后，我一宿踏实觉都没睡过。真是后悔死了，我不敢面对你，也没脸见你，真的。就想赶紧搞点钱，把你这里的窟窿给堵上。”付雨终于抬起头，满脸泪痕，“唉，都怪我一开始不听你的劝告，胡乱瞎搞，才混成今天这个样子。这也是我自己作的，你说要是好好地打工多好……”

任意看着付雨，叹了一口气，又不知该怎么劝他，又该说些什么。

“可是……可是至今我心里还是不平衡。你说咱们哪儿差呢？为什么在北京就那么被人看不起！你还记得吗？刚开始来的时候，咱俩在公共汽车上碰了那老太太一下，连说了多少个对不起呀！可还是被臭骂了一顿，不就是因为咱是外地人，又没钱吗？我永远忘不了车厢里那些轻蔑的眼神，永远忘不了！”说着说着，付雨的情绪有些激动，“还有，为什么那么多人，人家靠着背景，天天就能灯红酒绿地挥霍享乐？还有人家这些北京人，靠着房租，什么也不用干，日子就能过得那么滋润？可我们呢？都是人，就是出生地不同，爹妈没背景，就要缩在那间小房里，艰难度日？就要这么苦哈哈地干？可干了半天还是不如人家。我发过誓我一定要有钱，只有有了钱才能让人看得起，只有有了钱才能享受这个都市里所有的快乐。我努力了，可我得到了什么呢？”

付雨似乎控制不住自己的情绪，引得外面的警察同志不由得往屋里看了几眼。

“是不是我们不应该来北京？现在我也意识到了。人，生下来就是不平等的，你不承认也不行，但平等的是社会给了所有人创造和发展的机会，平等的是每个人对待生活的认知和态度。”慢慢地安静下来后，付雨仰着脸看着屋顶，像是在对任意说，又像是在自言自语，“我明白了，该得的才是你的，不该得的你要了后，终究是要还回去的。也更明白了，不要去攀比、去抱怨，活出自己来才是最好的，很多东西是钱买不到的。”

付雨说完，咽了口唾沫，闭起了眼。

“唉，也许是吧。”任意长叹了一口气。

“任意，你……真的不再怪我了？真的原谅我了？”付雨忽然睁开眼，泪眼蒙眬地紧紧盯着任意，期待着任意的回答。

任意笑了一下，点点头。

“谢谢……谢谢！”付雨好像得到了解脱，脸上强挤出一丝苦笑。

离开看守所后，任意坐在回家的公交车上，心里五味杂陈，思绪万千，脑子里全是付雨的泪眼，悔恨？感激？不甘心？他也读不出来是哪种。

想到两个人一块到北京的那些日子，再想到如今自己和付雨的处境，禁不住颇为伤感。

三十年河东，三十年河西。

其实，哪用得了三十年呀！

是啊！付雨就是为了钱才走到这一步的。

钱，真是个不可思议的东西，让人如此为之着迷。人们都在追逐着它，想拥有它。

有了钱我们的确可以充分享受生活的快乐，可好多东西并不是金钱能买得到的。

钱不是万能的，但没钱却是万万不能的。

任意不禁想到了他和晓梅的生活。

现在他们又何尝不是被钱所困扰呢？他找了半天工作至今还没有着落，现在生活的一系列开支，都靠着晓梅做促销员，起早贪黑挣的那点微薄的工资和提成。

下个月房租也该交了，一个季度又得好几千块钱。

唉！

想着想着，任意的心也不由得烦闷起来。

晚上晓梅回家后，看到任意闷闷不乐的样子，以为他又在为找工作的事情发愁。当任意把付雨的事情告诉她以后，她也是颇感吃惊。

日子过得真快，一晃又过了两个月，高不成低不就的任意，工作依然没有着落。

尽管晓梅每月的工资和提成都能按时拿到，但是两千来块钱还是让他们的生活感到非常窘迫。

房租是不能拖的。

在房主接二连三的催促下，没有办法，他们俩一商量，只得退掉了这间两室一厅的楼房，换了一间地理位置偏远点、价格便宜的平房。

刚刚搬进去的那天，看着乱七八糟的小屋，任意不由得苦笑了一下，心中感慨：又混回从前去了。

生活的拮据和没着落的工作让任意的心里有如长满了荒草，毛毛躁躁的，一阵阵长吁短叹，一阵阵的烦躁，很难静下心来，而且脾气也越来越大。

晓梅很理解任意的心情。

是啊！他以前自己当着小老板，有着不菲的经济收入，享受着优越的生活，不用为工作担心，也不为钱发愁，日子过得轻轻松松。

如今一下子全变了，不仅要去找工作，生活条件也差了太多。

这能不让他烦心吗？况且，他落到今天的地步，还都是因为她造成的。

每每想到这些，对任意的歉疚便在晓梅心里油然而生。

搬家以后，现在的住处，离晓梅上班的超市更远了，每天上下班时间比以前多了两个多小时，还要倒好几次公交车。辛苦地忙完一天的工作回到家后，晓梅总是尽可能用温柔的话语像哄小孩子似的安慰和鼓励任意。

晓梅还隔三岔五地挤出一些钱，“奢侈”地为他买一些爱吃的东西，而自己每天上班时只是干啃两个烧饼或是一袋方便面了事。

对于这个在贫穷中长大的姑娘来说，这就是她所能够奉献的全部，也是她心里想“偿还”任意的力之所及。

处在忧郁和烦躁之中的任意，每天除了阴沉着脸以外，难得会露出点笑脸来。

爱情和生活，似乎总是和人开着不大不小的玩笑。

三十四

这天，任意又失望地从一家公司面试结束出来，百无聊赖地行走在闹市街头。

看着一位位洋溢着欢乐、出入豪华商厦的人们，心里不禁想：真纳闷儿！大家都同时出现在这里。为什么有这么多人在无忧无虑中购买着他们喜爱的东西，而自己现在却连最基本的生活都快保障不了了。

难怪付雨的心里不平衡呢！

任意不由得摇着头自我解嘲地苦笑了一下。

唉！反正也没什么事，兜儿里没钱，咱也不买东西，就在这里逛逛。顺着人流他也走进了商厦。

几乎所有的商厦似乎都是一样的布局。修饰精巧的玻璃橱柜，被日光灯管照射得通体明亮，再配上大幅妩媚妖娆的美女广告灯箱，华丽尽显。

这些琳琅满目、令人目不暇接的名牌化妆品专柜，专门伸向女人的钱包。

柜台里那些大大小小、包装精美的瓶瓶罐罐，无一不贴着让人咋舌的价格标签。尽管价格不菲，也挡不住有些女人对此趋之若鹜的热情、向往和追求。

是呀！如今的女人，经过这些油、霜、膏、粉的人为“装饰”，有的还确实靓丽了不少，但这也是要基于“孔方兄”关爱的基础之上。

这里虽说是女人的天下，但也不乏男人的身影。

这里出现的男人，应该说都是“成功”人士了，没有钱的话，他们肯定不会跟在女人的后面，当然很多女人也不会让没钱的男人跟着。

化妆品美了女人，女人的笑悦了男人，男人的高兴乐了店员，店员的乐美坏了商家。

正溜达着的任意目光不自觉地落在了一个女孩子的侧影上。

漂亮的女孩如一道风景线。

女孩的披肩长发泛着紫莹莹的光泽，如一挂瀑布，丝柔顺滑。

一袭非常合体的乳白色套装，不仅凸显了高挑的身材，还把人映衬得高贵不俗，洁雅丽质，简直就是天生的尤物。

女孩正在一位西装革履、风度翩翩的男士陪同下，俯在柜台前，仔细挑选着化妆品，时不时扭过头向男人述说着什么，像是在征询男人的意见。

男人亲昵地把手搭在她的腰上，不时地点头微笑。

任意注目于这位女孩，不完全是因为她那夺目的身材，而是感觉这个女孩太像郑杰的女朋友——沈扬。

这让任意很难抑制自己想要得到答案的好奇心。他走到了一个角落，装出等人的样子，时不时地向那位女孩瞥几眼。

当女孩买完东西，转过身来，任意看得一清二楚。

他惊呆了。

女孩果然是沈扬。

目瞪口呆地看着沈扬心满意足地依偎在男人身旁走出商厦，任意好半天才从惊讶中清醒过来。

沈扬这是怎么了？跟她在一起的是谁？郑杰知道这事情不？

任意走出商厦，一连串的疑问，让他不自觉地拨通了郑杰的电话。

电话里任意并没有告诉郑杰他刚才看到的一幕，他怕郑杰一时受不了这种让人难以置信的残酷打击。

等了四十多分钟后，郑杰才从熙熙攘攘的人群中出现。

“喂！什么事呀？这么着急？”一看到任意，郑杰便打着哈哈问。

看到郑杰与平常毫无两样、那种乐天派的神态，任意想到刚才看到的一幕，心里真为他感到难受。

“没什么事，今天烦得慌，想叫你出来一块儿玩会儿。”任意装得若无其事，还勉强挤出些笑容。

“你真行，我还以为什么要紧的事呢！害得我打车过来，浪费二十多块钱呢。”郑杰故作埋怨。

任意没说话，带着郑杰在商厦附近转悠了半天。他一边想找个安静点儿的地方，一边琢磨着如何把刚才见到的事告诉郑杰。心里压着事，让他无法掩饰自己阴沉的表情。

“唉，你今儿个这是怎么了？到底什么事呀？绷着个脸，带我转悠了这么半天，你不累我还累呢！”郑杰有些不耐烦了，也对任意的行为感到不解。

“咱们到那边待会儿，我跟你说点儿事。”任意忽然指着路边一片郁郁葱葱的小花园。

“嘿！今天真邪门儿了。”郑杰一脸不解。

“哎，沈扬现在干什么呢？怎么一直没见她啊？”两人刚一坐下来，任意故作轻松地问道。

“正常上班呗！什么事呀？”郑杰看了一眼任意说道，但脸色有些变化。

“噢……”任意看了一眼郑杰，想说点什么，又把头低下，停住了。

“怎么了？”看着任意欲说还休的样子，郑杰禁不住催促。

“我……我刚才……看到沈扬了。”任意说得吞吞吐吐，想给郑杰留一点儿心理准备的时间。

“看……看到她又怎么了？”郑杰神情有些不自然又有点不屑，点着了一根烟，抽了一口。

“她跟……她跟一个男的在一起，看那样子……”任意不想往下说了，怕自己的话语伤害到好朋友。

“哦，原来是这事呀！”郑杰听完，轻描淡写地吐了一个烟圈，语气中丝毫听不出有什么意外之感。

任意心里不觉一惊，抬头瞄了郑杰一眼。

“你……都知道了？”任意疑惑地问。

“嗯，都分手两个多月了。”郑杰脸色深沉地点了点头，又“哼”地笑了一声，气与音都像是从鼻孔里发出来的。

“那……那为什么呀？”任意一脸惊讶。

郑杰没有说话，眼睛直勾勾地盯着不远处楼顶上的大幅珠宝广告牌。

上面写着：钻石浪漫传情，验证爱情永恒。

嗯！这广告语说得很对。

看起来这位创意者肯定也有切身体验，他不禁展开了“阿 Q”式的想象。

看着任意急待答案的样子，郑杰慢慢地说道：“不为什么。现在沈扬依然很喜欢我，也很爱我，但是，她也要享受生活，我挣不了那么多钱。所以就和平分手了。”

真搞不懂了，既然她爱你，为什么还要分手？而且还是“和平”地分手。毫无逻辑的理由让任意很疑惑。

“沈扬是爱我的，可她不能接受我们这种寒酸且又看不到未来的生活。她喜欢住豪华公寓，喜欢用名牌化妆品，喜欢穿漂亮衣服……她现在喜欢的这些，都是我不能给她的，这就是现实。”郑杰拍了拍任意的肩膀，不乏伤感地说道。

“其实，自从去年沈扬换到了这家公司以后，从她穿戴上的一些变化和言谈举止中流露出来的那种神态，我已经有了些预感。当时对于这种预感我非常恐惧、非常痛苦，不敢想象失去沈扬的我将会怎样。可是，残酷的现实渐渐磨平了我的这种恐惧感。两千多块钱的名牌化妆品，几千块钱一套的衣服，几百块钱一双的皮鞋，出现在我们那间简陋的房间里时，是多么的不和谐。沈扬也比以前漂亮多了，让我在她面前感到自惭形秽，对她望而却步。我知道沈扬的这种漂亮已经完全把我压制住了，让我失去了所有的勇气。我也知道现在这个漂亮的沈扬已经不再是以前那个沈扬，以前的那个沈扬已经消失了。”

郑杰把那近乎披肩的长发向后拢了拢，狠狠地吸了一口烟。

“哦，那……沈扬就提出分手了？”任意看着郑杰问。

“不是沈扬提出来的，是我提出来的。”郑杰微笑着，把抽完的烟扔在地上，踩灭，两臂后扩，舒展着身体，怅然若失地望着远处。

“为什么？”任意问。

“我觉得我们俩在一起，都很累，尤其是沈扬。她不愿意伤害我，也还留恋着我们的这份感情，我猜想她的内心非常矛盾。这一点从她看我的眼神中就可以明显感受得到。我知道她爱我，可她还‘爱’着那个能满足她享受生活的人。我心里忍受不了这种憋屈，便提出了分手。说实话，我真不想说出‘分手’这两个字。是呀，沈扬是为了我才辞掉工作来北京的，可是……唉！谁愿意分手呢？当时，我真想不再唱歌了，打算为了她去找一份挣钱多的工作，可是看着那把吉他，我……这是我一生的梦想，我根本就不可能将它放弃。又一想，即使找到工作，每月挣那点工资，也不可能满足沈扬现在的需求啊！沈扬离开的那天，我看到她哭了，哭得很伤心。看着衣装华丽的她拉着个精美的旅行箱，慢慢远去的背影，我忽然想起几年前，她背着个大包、汗流浃背地突然出现在我门口的情景……”

郑杰一时语塞，仰头望着灰蒙蒙的天空，在光线的折射下，眼睛里露出些许的晶莹。

看着郑杰伤感的样子，任意心里禁不住也怅然若失，一时找不到安慰好朋友的词汇。

两人就这样沉默了许久。

郑杰忽然站起来，两脚交替着跺了跺，把褶皱的裤子理顺，拍了拍任意说：“你今天也没什么事吧？走，我请客。咱俩找个地方好好喝点儿去。挺长时间也没在一块喝酒了。”

任意也站起来，说了声：“走。”

心里都不怎么痛快的两个人，没过多久便双双被酒精俘虏，喝得大醉。

当天很晚任意才回到家里，醉醺醺的样子把正为他担心的晓梅吓了一跳。

“哎呀！怎么喝成这样了？和谁啊？怪不得我连打好几个电话也没接。”见到任意这个样子，放下心来的晓梅一边扶着他换鞋，一边有点吃惊地嗔怪。虽然，任意做着酒水的生意，但说实话他很少喝酒，更别说喝醉了。

“郑……郑杰。”任意晃着身子，一手扶着门框，一手摁着弯腰给他脱鞋的晓梅的后背。

“有什么好事呀？你们俩至于喝成这样！”扶他坐下后，晓梅倒了杯水递过来，开玩笑地问。

任意被抽了筋一样的身子重重地靠在椅背上，脑袋随意地耷拉着，似乎脖子已经失去了支撑它的能力。

“唉，还……还……好事？烦……烦还……还来不及呢。”任意没有接水杯，眼睛翻了一眼晓梅，乱挥了几下胳膊，幸好椅背儿紧靠着墙，不然连人带椅子肯定翻了。

“慢点儿。看你，知道自己不能喝，还逞能！喝口水吧。”晓梅赶紧把水杯放下，扶住了他。

“不喝。”任意的胳膊无力地抬了一下，算是挥手。

晓梅心里知道任意肯定又是为工作的事发愁。

“烦什么呀？咱们慢慢来，就会找到工作的，现在我挣的钱不也还够咱们的开销吗？”

她蹲下来，扶着任意的膝盖，仰着头心疼地看着他那通红的脸。

这句话好像刺激到了任意的某根神经。

“够？够……个屁！郑杰要是有……有钱的话，沈扬就……就不会走。”他直愣愣地眯着红红的醉眼瞪着晓梅。

“沈扬去哪儿了？”晓梅眉头皱了一下，任意的这句话让她有点儿疑惑。

“跟……跟着有钱人跑了。”任意闭着眼晃了晃耷拉着的脑袋。

晓梅也不禁一愣，随即惊讶地问：“你是说沈扬和郑杰分手了？”

“啊！就……就因为郑杰没……没钱。”任意费了好大劲才把眼睁开，好像上下眼皮之间被胶水粘上了。

“沈扬怎么会这样呢？”晓梅不解地嘀咕了一句。

任意忽然晃晃悠悠地从椅子上站了起来，闭着眼向里屋走，说是要去厕所。

晓梅笑着提醒他说这不是楼房了，厕所在外面呢！便扶着他向门外走去。

就在晓梅准备转身关门的瞬间，脚下无根的任意被门口堆积的一些杂物绊了一下，“扑通”一声摔倒在地上。

这下子引燃了“汽油桶”。

“这……这……破地方，真……没……没法住。混来混去的……又……又混到这种地步，连个破砖头都来欺负你。你说……”还没容得晓梅把他从地上搀起来，任意便张牙舞爪地嚷嚷开了。

他的脚在地上乱踢了几下，又斜了一眼正扶着她的晓梅，继续说道：“你说这……这叫干什么呢？我……我现在什么……什么都没有了，酒吧、钱、工……工作！……”一只手在空中无力地挥舞，还弯曲着手指借此要清点什么似的。

“什么都没有了，都没有啦！”任意猛然把嗓门又提高了。

受到刺激后倾泻心中郁闷的任意痛快了，却没顾及晓梅。

连吐了几次，折腾到快一点钟的任意，精疲力尽，终于耐受不住酒精的麻醉作用，倒在床上睡着了。

把任意吐在地上的呕吐物收拾干净后，本来上了一天班就很累的晓梅实在也撑不住了，看着任意昏睡过去，她躺在床上，但却怎么也睡不着，静静地望着天花板发呆，想着刚才任意酒后吐露出他内心最真实的那些话，随即陷入了莫名其妙的内疚、悲凉和孤独之中……

任意现在心里肯定烦闷，以前好歹也是个小老板，经济收入不是特别高，但总体来说还是衣食无忧。但现在的生活仿佛一下子又回到了刚来北京的时候，没有工作，没有收入，天天去面试找工作，还得看着人家脸色，生性敏感而自尊心强的他有些失落。

任意是爱晓梅的，但晓梅对任意过分迁就和全身心付出的爱，在很大程度上也助长了他对晓梅的忽视。

工作无着落，又受到了沈扬和郑杰分手的刺激。任意的神经越来越敏感，情绪也越发烦躁，有时一件很细微的事情都会让他大发雷霆。

而晓梅总像一只被吓破胆的小鹿，她也无力去安慰任意，只好偷偷地躲在一旁抹泪。

晓梅在任意面前，她的一言一行也变得谨小慎微，生怕因为自己的一些“差错”再使任意生气。

其实，自从那次任意醉酒之后，晓梅就开始变得有些沉默寡言，上班时还经常对着那琳琅满目的货架一个人发呆。

晓梅也绝对没有想到，她的沉默在无形中进一步激怒了任意。

享受惯了甜言蜜语的任意，对晓梅的变化很是不满。他有时甚至开始怀疑晓梅这样沉默也是对窘迫生活的不满，是看不起自己，是对自己“无能”的嘲笑。

他的脑海中不禁浮现出沈扬和郑杰，有意无意间一些带有感叹意味又不乏刺激性的冷言冷语又增添了不少。

晓梅却依然默默承受。

这间曾经充满柔情蜜意的小屋中，沉闷的空气开始一点一点地积聚。

有几次，任意发现晓梅没有按时下班回家，他也没多问，晓梅也没有说。

然而，任意不知道，晓梅下班后，其实是去了另外一个人家里。

三十五

任意接到了一个公司通知下午面试的电话，接完电话后他还有点兴奋。

生活困窘使他现在已经完全摆正了自己的心态，不管职位怎么样，先得挣点钱生活再说。

如今每一个机会都让他倍感珍惜，这次一定要好好地把握住，他心里想。

任意几乎用了一个上午的时间，仔细地准备了简历材料，又琢磨了面试时可能涉及的问题，甚至连自己穿什么样的衣服都想好了。

他还想，下午去的时候，一定要破费点打车过去，以免挤公共汽车损坏了自己的形象。

草草吃了午饭，又在镜子前照了半天，以确信自己的着装没什么问题，任意这才拿起准备好的简历材料，充满自信地走出了家门。

按照约定，任意准时到达了这家公司的办公地点，一座由老旧筒子楼改造而成的三层写字楼的 307 房间。

透过一扇贴着磨砂胶贴的玻璃门，可以看到公司窄窄的背景墙和空空荡荡的前台，通过这个门面可以判断出，公司好像并不是很大。

走到房间门口的任意，抬起手轻轻地敲了几下。

“请进。”一个女高音从屋子里面径直传出来。

任意推门而进，公司面积不大，本来就不多的几排工位，还空着不少，屋里的布局不是特别规整……

三位中年妇女，正挤坐在一个角落里窃窃私语，像三只突然找到美丽花朵而兴奋不已地扇动翅膀的花蝴蝶。这肯定正聊着一个十分有趣的话题，要不然三人的神情怎么都会那么专注而又眉飞色舞。

看到任意进来，三个人都勉强止住了笑，扭过头来看。其中一位烫着波浪卷发的妇女问：“你找谁呀？”那神情像是因为任意的到来败了她们的兴致。

“我是来面试的。”任意赶紧赔上笑脸。

“噢！那你等会儿吧！我们老板还没到呢。”波浪卷发的女人看了他一眼说道，然后甩了一下头发，随即又扇动着翅膀，一头扎进了另外两人的嬉笑之中，波浪形的头发随着身体的颤动而不停地抖动。

任意只得站在门口，耐心地等待。

时间过去了十多分钟，三只“花蝴蝶”依然还在兴奋中扇动着翅膀一起舞跃。一阵笑声过后，波浪卷发的那位女人好像才想起了任意的存在，抬起头来冲着他说道：“老板可能快到了，你再等会儿吧！”

任意尴尬地点着头，笑了笑。

又过去了二十来分钟，任意站得有些累了。交替着双腿承载身体的重量。

他越发觉得自己有些不自在。

他忽然觉得自己就是一个乞讨者，正在等待着别人给的那一份施舍。

强烈的尊严感几次驱使他想马上离开这里，可一想到自己的现实处境，他又逼着自己留下来耐心等待。

三只花蝴蝶好像也累了，终于停了下来，瞥了任意一眼。

一边整理着兴奋后的凌乱，一边回到各自的工位。

波浪卷发的那位忽然对任意这样长时间的等待而感到有点不好意思，产生了怜悯之情。

她拿起电话，拨通了一个号码，听着感觉是在给老板打电话，询问到公司的时间，接着非常客气地“嗯……啊”了几声后，她放下电话，抬起头对任意说：“老板今天不来了，你过两天再来吧。”语气中丝毫没有一点儿歉疚。

任意心里很不舒服，依然强挤出点笑容，对那位波浪形卷发的女人说：“谢谢！再见。”

他想要用自己的这种礼貌，挣扎着换回一点儿尊严。

刚刚走出门后，背后传出来一句女人的话，任意听得很清楚：“你说那个人是不是有问题，就一直在那里傻站着……”

遭受了这通冷遇，任意有点生气。回到小平房的家里，把那些简历材料往桌子上一扔，便直挺挺地躺在了床上。

没想到这时房东又来了，催缴下个季度的房租。

交完房租，家里的钱已所剩无几，这无形中又给他增了不少火气。

晚上回家后的晓梅看到任意阴沉的样子，又不敢大声说话了，给他倒了杯水，便轻手轻脚地开始做饭。

饭菜齐备，晓梅走到床前轻轻地推了一下任意，笑着说：“怎么了？起来吧，吃饭。”

任意懒洋洋地起来坐到饭桌旁边。

“今天这是怎么了？身体不舒服呀？”晓梅盛好饭，放到他面前，这才轻声细语地问。

任意便把下午面试的事情说了一遍。

晓梅往他碗里夹了一点菜，柔柔地劝道：“好了，别想它了。工作咱们慢慢再找，这种公司一看也不是什么正经的公司。先吃饭吧。”

任意依然没有动筷子。

“好了，就当今天去那儿玩去了。听了会儿笑话。别计较了，吃饭吧。”晓梅故作俏皮而又亲昵地说。

她本来想尽量让屋内的气氛轻松些，却没想到这句话捅到了任意的痛处。

“还听笑话，你在那儿站上半个小时试试！”任意“腾”地从椅子上站起来，拍了一下桌子，脸色涨红。说完，又躺回床上。

晓梅吓了一跳，有点惊恐地看着任意，愣愣地坐在饭桌旁，也不敢吃饭，也不敢说话。

过了一会儿，她才轻轻地走到床边，坐下来对任意说：“别生气了，起来吃点饭吧，要不就凉了。”

“不吃，不吃。”任意看都没看她一眼，烦躁地挥了挥手。

“唉！”晓梅叹了一口气，坐在床边，看着任意，局促地不知道该怎么办。

小屋子里陷入了沉闷。

“起来吧，先吃点饭，要不过一会儿就凉了。”晓梅用手拍了拍任意的腿，想打破这个沉闷。

任意一点反应都没有，好像都懒得理晓梅似的。

晓梅无奈地慢慢从床边站起来，走到椅子旁边默默坐下，两眼失神地望着桌子上还冒着热气的饭菜。

这个晚上，小屋里非常闷，闷得有些异样。

接下来的几天里，晓梅依然像往常一样上下班，做着自己应做的事，脸上却比平时增添了一些黯然。

甚至有一天在小平房的家里煮粥的时候，粥都溢锅了，她还在一旁发呆……

看着任意现在的样子，晓梅心里也很不是滋味，她心疼任意，但又无力去改变这种状态。她是爱任意的，知道任意也是爱她的，心里也一直特别感动任意为了她而付出那么多，所以，任意现在的这些烦躁，她也非常理解。但任意越是这样，她的内心就越歉疚、焦虑，她想去努力挣钱，但她自身的学历、能力又限制了她的发展。

去年，从老家退完婚，刚回到任意身边的时候，晚上她躺在任意身边，看着这个为了自己而受了委屈和挫折的男人，觉得自己终于有了依靠，从来没有睡得如此安稳。而现在，深夜里她静静地躺在任意身边，听着任意微微的鼾声，觉得要不是因为自己，任意怎么会成为现在这样呢？她开始无法正常入睡，整夜整夜地失眠。

晚上失眠，白天还要上一整天的班，晓梅的身体开始吃不消，精神越发焦躁。

孤独又焦虑的晓梅，无法解脱自己，只好下班后去找她最信任的那个人倾诉，寻求一种内心的安慰。

在超市上班的晓梅下班本来就晚，而下班后再去找那个人聊一会儿，回家就更晚了，这让已适应晓梅规律上下班生活的任意，更为不满。

小屋子里的气氛越来越沉闷。

一天晚上，晓梅在洗澡时忽然摸到了乳房上有一个硬块，还稍微有点疼，平时已经习惯了身体不舒服就扛一下的她，当时也没在意。直到有一天公司安排健康体检，这个问题才让她心里一惊，但她也不敢和任意去说，便把这个事情偷偷地压了下来。

这天，任意一大早就出去了，又在外面转悠了一天，很晚才回到家里。

门还锁着。

晓梅还没有回来。

任意感到颇为奇怪。

进屋以后，他禁不住愣了。

屋内被收拾得干干净净、整整齐齐，只是感觉少了些什么。

任意突然发现桌子上有一张纸条和一小沓儿钱，他有点纳闷，拿起纸条一看，一下子惊住了。

对不起，任意：

对于我给你带来的伤害，可能今生今世都无法偿还。这是我今天刚发的工资。

请原谅我的自私，照顾好自己。

晓梅

晓梅走了？！

任意一时没反应过来，他愣愣地拿着纸条，过了好一会儿。

“走吧，走吧！都走吧！”回过神来的任意猛然狠狠地大声喊道。

他异常愤怒，如同一头发了疯的公牛。

“我就知道她也受不了，我现在没钱了，早晚都得走。”面部因愤怒而扭曲的任意把纸条撕得粉碎，一扬手抛向空中，纸屑在小屋里纷纷扬扬地散落。

随着纸屑的飘落，任意的精神世界也轰然崩塌。

三十六

对于晓梅的突然离开，愤怒至极的任意心里一直认为是晓梅因受不了这种贫苦的生活才离开的，他毫无反省和自责。

近乎丧失理智的愤怒，让他对晓梅因爱生恨，也让他的价值观因此而改变。

任意变了。

他甚至觉得自己以前对感情的认真和执着非常幼稚。

世间哪有什么真正的爱情！付雨说得还真没错，没钱你什么也不是。

书里写的那些所谓爱情，都是作者理想中的一厢情愿，骗取读者的眼泪罢了。

任意还为自己的“成熟”而自感欣慰。

是呀！这些都是自己实实在在经历过的。

想是这样想，可每当骚动的心被夜色沉静下来，他又不由自主地会想起晓梅，想到她在小屋里忙活的身影。

他始终不明白晓梅离开的真实原因。

他的内心也掠过一丝不安。

晓梅去哪儿了呢？

他曾想自己去找一找她，可他又忽然感到这种想法很“幼稚”。

是呀！自己都“成熟”了，怎么还会这样想呢？

晓梅走后，任意又陷入了孤独之中。

孤独，对于他来说并不陌生。

几年前，和付雨来到北京后，孤独就随之而来。

付雨很快就融入这个都市的另外一种生活之中，两个人虽然吃住在一起，可是任意却明显感到了孤独。

任意找到工作后，他很喜欢在公司里上班，因为工作可以驱散孤独感。

他害怕过周末，身居异乡的周末是无聊的。

周末，他经常一个人随便挤上一辆公交车，坐到终点，然后再换另一辆，让视野中充满活动着的、新鲜的事物，去排遣内心的孤独。或是一个人漫无目的地在城市里溜达，直到累得双腿发软，才就近找个地方坐下来歇会儿。

看着大街上川流不息的人群，他就禁不住发出这样的感叹：北京，这座城市的确很博大，敞开了自己的胸怀容纳着这么多的人。

在这个城市里，没有人会注意到你，无论你是身着几千块钱一身的名牌衣服，风流倜傥；还是一身破衣烂衫，猥琐不堪。

如果天气好，任意还会一个人背着充足的水、食物和几本书跑到香山旁边的植物园待上一天。

植物园是他非常喜欢的一个地方，这里有湖水、有山坡，还有郁郁葱葱的树林。

他喜欢躺在那柔软的草地上，望着天空漂浮着的朵朵白云，胡乱遐想……

其实，想得最多的还是自己的将来。

是的，将来在哪里呢？还回到那个养育了自己二十多年的小城吗？自己对那座小城是如此的熟悉，甚至它的每一条街道和门铺。

尽管那里有父母和亲情，尽管自己对那里充满了怀念之情，但回去又能做些什么呢？

他知道曾经工作过的那个机械厂早已倒闭。

厂房消失得一干二净，取而代之的是一片正在热火朝天的施工现场。

那么，就这样在北京工作下去吗？现在自己还年轻，有的是精力和体力，可岁数再大一些怎么办呢？

在北京安家？房子是不敢奢望的，可没有房子又何谈安家呢！想到自己的将来，他的心跳就会加速。

前途一片迷茫，如同身处浓雾之中……

自从攒了钱，开了“漂”酒吧之后，孤独才在没有休息日的繁忙工作中渐渐淡去。

晓梅的出现，让任意品尝到了爱情的甜蜜，也让他体会到了牵挂。虽然一系列的挫折，让他备受打击，但有人陪伴，也让他在恍惚中看到了未来。但没想到晓梅又受不了这种贫苦的生活而突然离开。感情的失落，付雨入狱，再加上工作没有着落，如今的任意又彻头彻尾地感受到了孤独，甚至比刚来北京时的那种孤独感更为强烈。

三十七

时间是痛苦的粉碎机。

渐渐地从痛苦中挣脱出来的任意，面对生活的压力，他开始重新打起精神，继续找起了工作。放下身段，调整好心态，几经周折，终于找到了一份推销保健按摩仪的工作。

这天，公司派他去给一位客户送货，地点是永定路附近的一个老旧小区。

任意拎着货，找到客户的地址。

开门的是一位慈眉善目的老人。

老人身上披了一件质地细腻的咖啡色呢子短大衣，内衬讲究的灰色圆领羊绒薄衫，下身一条裤线笔直的深蓝色筒裤，遮掩不住老人的富态。微微卷花的一头银丝层次清晰，脸色饱满红润，虽爬满了细细的皱纹，但也掩饰不住肤色白皙细腻，嘴角自然流露出来的微笑让人倍感亲切。

老人客气地请任意进了屋，他开始仔细地帮助老人调试按摩仪。

老人则在一旁微笑着观摩，不时点头以示明白。

调试完毕，出于对任意细致入微的服务态度表示感谢，老人给他倒了一杯水，让他坐下来休息一下。

按照公司的规定，是不可以随便在客户家里逗留休息的，但拎着仪器走了这么长时间，任意也确实有些累了，看到老人也是诚心相邀，便打算“违纪”一回。

趁着老人去里屋拿东西的空当，他这才匆匆地浏览了一下屋内的摆设。

摆设很简单，但从这些家具的做工上可以看出，每一件物品都很考究，就连门口那个用不锈钢丝做成的玲珑鞋架也不例外。

所有物品都好像是专门为这个屋子定制的，因物而异，立在不同的位置，就有一种说不上来的和谐利落。

正在感叹老人生活的精致之时，任意的眼睛忽然直勾勾地定格在电视机旁边的一个木制相框上面。

这个相框非常精美别致，但任意不是因为这个才注目于此，而是相框里面的那张照片。

照片中一个女孩双手抱膝坐在绿色的草坪上，洋溢着灿烂的笑容。

这是怎么回事?

任意惊得都有点怀疑是不是自己的眼睛出现了错觉，他站起身走近几步，拿起了相框，仔细地看着这张照片。

没错，真的没错。

这张照片怎么会在这里?

任意心里不由得暗自问道，这张照片对于他来说再熟悉不过了，这是他最喜欢的一张照片，是他去年夏天在紫竹院公园入口的大草坪上为晓梅拍的。

任意呆呆地拿着照片，凝视着。

“小伙子，吃个水果。”老人端着一盘水果从里屋走出来。

任意的惊愕被打断了，一时不知所措。

“哦！不……谢谢。”回过神来的任意拘谨地说，内心的紧张，让他的手都有点发抖，不知道要把相框摆在哪才好。

老人看着任意失态的样子，有点疑惑。

“阿姨，这张照片……”任意实在忍不住了，便唐突地问道，但一时又不知从哪问起。

“哦。”老人慢慢地把水果盘放在茶几上，显然没有意识到任意怎么会突然问及这张照片。

“怎么了，这照片？”老人微微皱着眉头问道。

“没……没……”任意一时语塞，脸涨得通红。

看到任意的样子，老人更为疑惑。

“您怎么会有？……这女孩？”还没从惊讶中缓过来的任

意结结巴巴。

老人慢慢地走过来，拿起相框，对任意说："你认识她？她是原来在我这儿帮忙的一个姑娘，家是山东农村的，人很聪明，因为家里穷，考上大学也没念。这姑娘非常朴实也非常勤快。几年前来的北京，通过一个做家政的亲戚介绍来照顾我的。她来我这儿以后，家里的活儿都给收拾得利利落落的，她在北京也没亲戚，我女儿又不在身边，我们就跟亲娘儿俩一样！唉！这孩子命苦。"

老人抚摸着相框，叹了一口气，紧紧地闭了闭嘴唇，一脸的怜惜和无奈。

任意没有说话，默默地站在老人旁边。

老人把相框放在桌子上摆好，缓缓地走到沙发旁坐下。

任意机械地跟着也坐在沙发上，低着头。

任意的沉默又打开了老人的话匣子，老人没有看任意，自顾自地接着说道：

"一年多前，她在干活的时候，跟我说交了个男朋友，叫任意，听她那么一说，不用问，我觉得那个小伙子肯定也错不了。去年夏天的时候，她弟弟也考上了大学，她说家里就剩父母了，农活忙不过来，就回老家去了。"

老人好像完全沉浸于自己的述说中，没有注意到任意表情的变化。她端起水杯喝了口水后又继续说道：

"这不，几个月前。她忽然又来到我这儿，把她和那个任意的事全都跟我说了。我知道她对任意的感情很深，她觉得人家为她付出了那么多，这一辈子也偿还不了这份情，但是她确实也爱得很累。我跟她说，爱是平等的，不是需要偿还的。如今爱在她心里已经不再是一种美好，而是一种负担。我劝她放下心里的负担。这孩子刚好点，但又……”

说到这里，老人长长地叹了一口气：“这孩子这命啊！”随后便陷入了沉默。

听着老人的话，任意的心里五味杂陈，如在平静的湖面上扔进一块大石头，激起了一层又一层的波澜。

沙发是软软的，可现在的他却如坐针毡，每一秒钟都让他倍感煎熬。

任意低着头闷坐在沙发上，不敢与老人的目光碰撞，害怕老人的目光会洞穿他的内心，头上已冒出了虚汗。

任意的窘态，让老人已有些不解。

“小伙子，你怎么了？”她微笑着问。

“哦！没……没……什么，阿姨。”任意没有迎接老人的目光，下意识地答道。

面对这位慈祥的老人，任意忽然觉得他应该坦诚地面对这一切。

一阵沉默后，他终于鼓足了心中所有的勇气，猛然间抬起头来迎着老人的目光。

“阿……阿姨，晓梅现在在哪儿呢？我……我就是您说的那个……任意。”说完这话，任意迅速而尴尬地又低下了头，但心里却感到痛快了许多。

“啊？不会吧？你……你就是任意？”从老人张着嘴不动、夸张的表情上可以看出，任意说出的话，让她多么吃惊。

“嗯。”任意表情平静地点了点头，如一个做了错事等待挨批评的孩子。

“唉！世界真是太小了，怎么会是这样？太巧了，太巧了。”老人不住地摇着头，连续地感叹道，好像根本还不敢相信这是真的。

任意也不知所措，恍惚地看了看老人。

“唉！”过了好一会儿，冷静下来的老人才慢慢地叹了一口气，然后自言自语地说道，“嗯，该来的总会来的，这都是命。”

听到老人的话，任意颇为不解。

他抬起头来看着老人，目光里充满了迷惑。

看着他的样子，老人微笑着说：“任意，我很欣赏你的勇气，能在一位陌生人面前承认自己，看得出来，你心里还是喜欢晓梅的。”

还没等任意做出任何反应，老人接着又说道：“不知，你愿不愿意听我讲一个真实的故事？”

任意下意识地点了点头。

老人把慈爱的目光从任意身上收了回去，定在了自己面前某处，双手交叉，自然地放在腿上。

迎着窗外射进来的光线，老人的侧影如一位艺术大师精心雕琢的雕像，端庄凝重。

“那是六十多年前的事，在咱们北京城里，有一个大户人家，老爷是经营珠宝玉石的行家里手，当时几乎半个北京城都知道他的名号。

他有三个女儿，个个长得都很标致，也都受到过很好的教育。

大女儿和二女儿年龄相差不大，只是老三的年龄与两位姐姐拉开了。

大女儿和二女儿到了谈婚论嫁的年龄后，家里的媒人便没断过线，你走他来地快把门槛儿都踏烂了。

那个年代很封建，根本不像现在这样，可以自由恋爱，能和自己喜欢的人在一起，女孩子的婚姻全都是父母包办的。

最后，这两个女儿都遵照父母的意愿与别人定了亲，这姐俩自从定了亲之后，老三就感觉两位姐姐的笑容少了。

大姐结婚的那天，场面做得很大，光戏班子就雇了好几班，大家都兴高采烈的，虽然大姐的脸上也有笑容，感觉却很勉强，上轿的那一刹那，老三清清楚楚地看到大姐掉下了眼泪。

在老三看来，结婚是挺喜庆的事，怎么大姐一直这么愁眉苦脸的呢？终于有一天，她忍不住问了二姐。

二姐也是一脸愁容，摸着她的头告诉她，她长大了就会知道。

老三长大以后，她才渐渐明白大姐和二姐的婚姻是根本没有任何感情的。尤其是大姐嫁的那个在父母看来非常门当户对的公子哥儿，根本不把大姐放在眼里，仗着家里有钱，吃、喝、嫖、赌什么都干，还在外面偷偷地养了两三个小妾。

大姐每次回娘家的时候都是哭哭啼啼的。

二姐嫁的那位二姐夫虽然没有像大姐夫那样，但人却不怎么精明，脾气古怪且暴躁，动不动就打二姐，碍于两家也都是有头有脸的家庭，二姐也只能是忍气吞声，逆来顺受。

老三亲眼见证了大姐和二姐婚姻的不幸之后，随着年龄的增长，情窦初开的她也开始担忧起了自己的未来。

她暗暗下了决心，一定要找一个自己喜欢的，又有感情基础的男人结婚。

因此，父母每每给她定亲，她都死活不答应。看着她执拗的样子，父母也无可奈何。

有一天，她到珠宝店去找父亲，正好父亲不在，一位新来的伙计接待了她。”

老人忽然闭着眼睛停顿了一下，又长叹一口气后，接着说道：

“就好像是命中注定一样，这个老三自打看到这个伙计那天开始，她就忍不住有事没事地往店里跑。

她就是想见到那个伙计。

后来，老三与伙计相爱了。

这自然遭到了爱慕虚荣的父母坚决反对，他们怎么也不肯让自己的女儿嫁给一个伙计。任凭老三如何央求，父母也不同意。

无奈之下，爱伙计爱得发疯的老三便偷了家里的钱，背着父母与那个伙计私奔了。

他们跑到了山东，并在那里住了下来。

那个伙计也非常爱老三，对她百般体贴，可谓是言听计从，这让她体验到了从来没有过的幸福。

虽然当时他们不太富裕，但是由于那个伙计卖苦力、拉洋车挣钱，生活也还过得去。

一年后，他们有了一个女儿。

孩子的出生让他们的生活开支逐渐加大，当时，时局动荡，活儿也越来越不好找，伙计也没什么特别的本事，他拼了命地去找活干，扛大包、垒土坯……只要能赚钱的活，他就玩命去干。

从小在家里过惯了衣来伸手饭来张口富足生活的老三，开始对这种窘迫的生活有了一些怨气。

伙计的心中对老三一直是疼爱的，但更多的是歉疚，他总认为老三的现状都是因为他才造成的。

每每此时，伙计便会想尽一切办法，逗老三开心。然后，便是去外面更加不惜力地干活挣钱，就是为了能让老三的生活过得好一点。

可当时任性的老三，却依然控制不住自己，经常对他耍大小姐脾气。

伙计却从来都是任凭老三耍闹，自己却憨笑着、疼着老三和孩子。

日子就这样过着，一家人虽然穷一点，但都还快乐着。但不知怎么的，伙计的脾气也慢慢大了起来，不仅老三耍大小姐脾气时不再让着老三，而且还经常无缘无故地找碴儿和老三吵架。

最后，老三终于受不了了，便带着孩子厚着脸皮回到了北京的娘家，把伙计一个人留在了山东。

父母虽然对老三当时的私奔很气愤，但终究是自己的孩子，他们又接受了她。

从此，老三在北京又过起了舒适的生活。但她一直也不明白为什么伙计的脾气会突然变得那么古怪，变得那么坏。她经常想，我一个大家闺秀，抛弃荣华富贵，背着父母的骂名，担着不好的名声，为了和你在一起而私奔，没过上一天好日子，你还这么对我，现在闹成这样，我人不人、鬼不鬼的，一辈子都毁在你这个伙计手里了。

老三因爱生恨，一直对伙计耿耿于怀。

当时那个年代，一个女人带着孩子在父母家里这么长住也不是个事儿，闲言碎语肯定是少不了的。迫于父母压力，后来在媒人的撮合下老三做了一位军阀的填房。

生活虽然优越了，可在感情上老三却是孤独的，她与军阀生活在一起，心里却还总是时常想起那个伙计。

日子就这样过着，忽然有一天，一个拉洋车的找到她家，告诉她有个人想见她。

老三觉得有点奇怪，但冥冥之中，老三觉得那个想见她的人就是伙计。

她跟着车夫来到了一间破烂的房子里。

木板床上躺着骨瘦如柴、病入膏肓的伙计，那个曾经她深爱着的人。

眼前的伙计让老三恍如隔世，大吃一惊。

看到她的到来，伙计的眼里闪烁着光亮，眼泪一下子就流出来了，哆嗦着双手从贴身的衣服里取出了一个布兜，递给老三，里面全是钱。”

说到这里，老人又停了下来，用手轻轻地擦了一下双眼。

任意清晰地看到老人的眼睛里已含有泪水。

“瞧我，今天这是怎么了。”老人有些不好意思地朝任意笑了一下。

任意也有点儿不自在，赶忙转移话题问道：“阿姨，那后来呢？”

老人表情恢复了凝重，继续说道：

“老三这才知道，伙计为什么突然脾气变坏、突然经常找碴儿吵架，完全变了个人。

伙计很爱老三，但心里也一直觉得是自己连累了老三，对不起她。他就想尽一切办法挣钱，想让老三的生活过得好一点儿。

牛马般的劳作，累垮了他本来强壮的身体。直到有一天，他在干活时忽然晕倒，吐了一地，他才意识到自己的身体状况已经很差了。若再去看病，又得花钱。伙计忍住了，没有告诉老三，也没有花钱去看病。

为了不让老三伤心，他故意找碴儿发脾气，把老三气走了。然后竭尽全力用更加疯狂的劳作来挣钱，把挣来的钱一点儿一点儿地为老三攒起来，而自己到最后竟然连一件不带窟窿的好衣服都没有。”

说到这里老人的语调已变了音，眼泪顺着脸颊直淌下来。

老人从茶几上的纸巾盒里抽出两张纸巾，轻轻地在脸颊上沾了沾，稳定了一下情绪，又接着说道：

“老三这才知道，她的爱并没有给伙计带来幸福，相反，却让他背上了爱的包袱和负担。

伙计用自己的命，偿还着、证明着、背负着……

伙计死后，老三也离开了那个军阀，回到娘家，再也未嫁，独自将女儿抚养成人，至今依然独守孤单。这样她才觉得对得起伙计，才能有一些安心。”

老人收住了话口，嘴角略带一丝微笑，表情平静地坐在那里，思绪好像还没有从故事中走出来。

任意低着头一动不动地坐在原处，显然也是受到了这个故事的震动。

屋子里，就这样平静了一会儿。

任意忽然抬起头想对老人说些什么，可又没有说出口。

并没有直视任意的老人似乎感觉到了任意欲言又止的样子，她缓缓地说道："其实……那个老三就是我。"

"是呀，阿姨，从您的眼泪中我已经感受到了。"任意声音很小。

"任意，晓梅是个好孩子。"老人扭头微笑着看了一眼任意，又点了点头说道。

任意"嗯"了一声，但依然低着头，他不知道该如何回复老人。

"唉！经历了这一辈子，都快入土的人了，我才懂得什么是爱，仔细想来，人的这一生一世，不过是一片干干的黄土，一段过眼烟云罢了。在每个人走过的这一生中，沟沟坎坎，起起落落，可能腰缠万贯、丰衣足食，也可能粗茶淡饭、草鞋布衣，但其实再也没有什么比遇见一位知心爱人、有一段荡气回肠的感情而更幸福的了。

我们有爱，可我们又有多少人真正反思过自己的爱？在困难的时候，为她着想，为你所爱的人着想，其实真正的爱就这么简单。说是这么说，可人世间有多少爱，只有欢乐没有痛苦呢？只有嘴上的永远，没有风雨中那个怜惜的眼神。又有多少人能互相知心，心有灵犀？又有多少人因不相知而耽误，因赌气而散？又有多少人能互相怜悯、互相帮衬？又有多少人能抵抗诱惑而相守终老？一生知心，一生相爱，一生相伴，难矣！难矣！”

老人停了一下，又感慨地说道：“在茫茫人海当中，两人相遇本身就是缘分，为什么非要等到失去以后，才后悔当初没有珍惜呢？”

任意长出了一口气，看了一眼老人，又低下头说：“阿姨，我到现在也不理解，晓梅为什么会突然离开，到现在也不联系我，去哪儿了都不知道。”

“你真的喜欢晓梅吗？”老人看着任意，摇了摇头说。

“真的呀！”任意抬了下身子，肯定地答道。

老人笑了笑，没有说话，端起杯子喝了口水。

“你这么肯定地说喜欢她，连她为什么离开，你都不知道？”老人放下杯子，向任意仰了下头说。

任意一时语塞，拘谨地搓了搓膝盖。

老人看了一眼任意，把目光定格在对面墙上的某处，悠悠地说道：“晓梅这孩子命苦。她上次来说得了一种什么浆细胞性乳腺炎，说这个毛病还挺不好治疗的。还说……”

“啊？不会吧？”没等老人把话说完，任意便打断了老人的话，一脸惊讶地说道，“她从来都没有跟我说过！”

“你想想为什么她不和你说呢？”老人反问道。

任意没有说话。

“还不是她觉得是她把你连累成现在这样，要工作没工作的，她心里一直是内疚的。又查出来这个病，治病还得花钱，心理压力实在太大了。”

老人叹了一口气后，又接着说道：“晓梅一开始自己也很纠结，她也一直担心你，但治疗她这个病又得花钱，她怕告诉你后，你又得发愁，又会给你添加更多的烦恼，可能还会影响到你未来的生活。晓梅最后和我说想离开你，你现在的这一切都是她造成的，只有离开你，才可能让你的生活回到正轨，不受她的拖累。”

“原来是这样，原来是这样。”任意低着头，小声地重复着。

“我想到了伙计，想到了自己。我也不知道该怎么劝晓梅。但从另外一个角度想，尊重她个人的意见，可能也是最好的选择。对她、对你可能都是一种解脱。”老人没有理会任意，只管自顾自地说道。

任意闭着眼，仰起头，长出了一口气。

“痛苦终究是短暂的，人生毕竟还很长。”老人也叹了一口气，感慨道。

“不行，我要去找晓梅！”任意忽然斩钉截铁地说道。

老人看了一眼任意，点了点头。

在慈爱的目光中，任意感到了鼓励。

“我……我要找回晓梅。”他语气变得更加坚定。

虽然没有正眼看老人，他却感到老人笑了。

“唉！看起来，你和晓梅也真是有缘分，这是上天注定的。不然的话，你今天怎么会突然来到我这里，又听到我的故事呢？”老人叹了口气，语气中含着羡慕，又感叹道，“一切都是命中注定的，是躲不掉的。”

“那……那您肯定知道晓梅现在在哪儿？”任意有点急切地问道。

还没等老人回答，忽然又神情黯淡地小声说道：“不知她还……”

“去找她吧！”老人语气也很坚定，然后慢慢地站起身来走到桌旁，轻轻地拉开了一个抽屉，取出了纸和笔，又端坐在桌旁在纸上写了些什么。

“喏！这是晓梅现在的地址。”她转过身来，把纸递给任意。

一行清秀的钢笔字，跃入眼帘：上海淮河路16号，朝美大厦，前行科技公司。

“这是和我女儿很要好的一个同学开办的公司。我介绍晓梅去那儿了。前些日子她还打电话来，说都挺好的。”看到任意疑惑的神情，老人解释说。

任意告别了老人，怀着复杂的心情。忽觉已来北京几年，但初冬的黄昏却从来没有这样畅快过。

不知不觉地走到了路口，看到了标着“永定路”三个字的路牌。

时过境迁，路牌已经由铁的换成不锈钢的了，造型很别致，蓝底白字格外显眼。

两年前，他初识晓梅，送她回家，就是这个地点。两年后，没想到自己又站在了相同的地点。

此情此景，不由得让他回想起了这几年所经历的一切。

挣扎过，奋斗过，也成功过。

得到过友情的巨大力量，也遭受了友情背叛后的打击。

品味了爱情的甜蜜，也品尝了感情的痛苦。

正当自己觉得生活失去色彩的时候，又忽然幸运地得到了人生的启迪。

他不禁心潮澎湃，感慨万千，一行热泪不知不觉流淌下来。

第二天，任意便向公司请了几天假，前往上海。

三十八

艰难地熬了一夜之后，终于到达了上海。

任意花了一个上午的时间，才找到了淮河路 16 号，朝美大厦，前行科技公司。

步入这个公司之前，任意调整了十来分钟，才将自己狂跳不止的心安稳下来，如同一位经历了千辛万苦终于到达了圣地麦加的教徒，即将推开天房的大门。

然而希望变成了彻底的失望。

他万万没有想到，得到的答案是：晓梅已于一个多月前辞职，公司里的人也不知道她去了哪里。

他不知道自己是怎么离开前行科技公司的，也没有注意到自己失魂落魄的神态给旁人留下了多少窃窃私语的谈资。

晓梅肯定不会回山东老家，这一点应该是确定的。

那么她能去哪里呢？难道她预感到我要来找她，故意走了不愿意再见到我？

他漫无目的地独自行走在这个陌生的都市，感到一种前所未有的悲凉……

夜幕悄悄地降临了。

任意还在路上走着，像一个孤独的游魂。

他不知道自己这是走到了哪里，也不知道自己走了多少路。

他感到有些口渴，便停下来四处张望，想找一个卖水的摊点。

忽然，不远处的一个夹在楼房之间的小摊点吸引了他的眼球，倒不是由于那些五颜六色的矿泉水瓶子，而是小摊点上面那块精致的与摊点有些不协调的招牌：色彩淡雅的小碎花底，衬着一个大大的蓝色“漂”字。

他不由自主地走了过去。

摊点的门面不宽，里面狭长，也不太明亮。

走到门口站稳了的任意，正想说要买一瓶水，他的心脏却突然狂跳起来。

他甚至狠狠地掐了一下自己的胳膊。

钻心的疼痛让他确信眼前所看到的是真实的，而不是幻觉。

从摊点里面暗暗的光线中，走出来一个身穿白色羽绒服、苗条的身影……